Andrea Camilleri wurde 1925 in Porto Empedocle, Sizilien, geboren. Er war Schriftsteller, Drehbuchautor und Regisseur. Seine erfolgreichste Romanfigur ist der sizilianische Commissario Montalbano. Insgesamt verfasste Camilleri mehr als 100 Bücher und galt als eine kritische Stimme in der italienischen Gegenwartsliteratur. Andrea Camilleri war verheiratet, hatte drei Töchter und vier Enkel und lebte in Rom. Er starb am 17. Juli 2019 im Alter von 93 Jahren in Rom.

Annette Kopetzki, 1954 in Hamburg geboren, lehrte an den Universitäten Rom und Pescara. Sie übersetzt seit vielen Jahren Belletristik und Lyrik aus dem Italienischen, darunter Werke von Pier Paolo Pasolini, Erri de Luca, Andrea Camilleri, Roberto Saviano, Edmondo De Amicis und Alessandro Baricco. 2019 wurde sie vom Deutschen Literaturfonds mit dem Paul-Celan-Preis für herausragende Literaturübersetzungen ausgezeichnet.

«Ein Muss. Nicht nur für Krimi-Fans.» *HR1*

«Ein lustvolles Verwirrspiel.» *Ö1*

«Eine perfekte Intrige.» *La Gazzetta del Mezzogiorno*

«Die Quintessenz eines Kriminalromans, ein nackter Krimi, ohne Blendwerk.» *Corriere della Sera*

Andrea Camilleri

Kilometer 123

Kriminalroman

Aus dem Italienischen
von Annette Kopetzki

Rowohlt Taschenbuch Verlag

Die italienische Originalausgabe erschien 2019 unter dem Titel «Km 123»
bei Mondadori Libri S.p.A., Mailand.

Veröffentlicht im Rowohlt Taschenbuch Verlag, Hamburg, Juni 2021
Copyright © 2020 by Rowohlt Verlag GmbH, Hamburg
«Km 123» Copyright © 2019 by Mondadori Libri S.p.A., Mailand
Covergestaltung any.way, Barbara Hanke/Cordula Schmidt
Coverabbildung StockLynx/Shutterstock
Satz aus der Adobe Garamond
bei Pinkuin Satz und Datentechnik, Berlin
Druck und Bindung CPI books GmbH, Leck, Germany
ISBN 978-3-499-00292-2

Die Rowohlt Verlage haben sich zu einer nachhaltigen Buchproduktion verpflichtet.
Gemeinsam mit unseren Partnern und Lieferanten setzen wir uns für eine klimaneutrale Buchproduktion ein, die den Erwerb von Klimazertifikaten zur Kompensation
des CO_2-Ausstoßes einschließt.
www.klimaneutralerverlag.de

eins

Eingegangene Nachrichten

Ester

Warum ist dein Handy seit gestern Nachmittag aus?
Muss dich dringend sprechen. Ruf mich an.

Ester

Bitte, bitte, bitte. Wo steckst du?
Warum meldest du dich nicht?

Ester

Was ist los? Warum lässt du mich warten?
Ich muss dich unbedingt sprechen.

Ester

Ich möchte gerne wissen, was mit dir los ist. Zwing mich nicht, deine Frau anzurufen! Ruf an! Es geht mir sehr schlecht.

«Guten Tag, Signora, ich heiße Giacomo. Ich bin der Krankenpfleger, der diesem Zimmer zugeteilt ist, und ich möchte gerne etwas mit Ihnen besprechen.»

«Was?»

«Da Ihr Mann sicherlich längere Zeit hier im Krankenhaus bleiben muss, rate ich Ihnen, seine persönlichen Sachen mitzunehmen.»

«Der Anzug ist hin, den könnt ihr wegwerfen. Auch die Schuhe.»

«Gut. Aber ich meinte nicht nur seine Kleidung.»

«Sondern?»

«Nun, er hatte seine Brieftasche dabei, das Handy, die Schlüssel …»

«Ich verstehe.»

«Wenn Sie bitte mitkommen wollen, dann händige ich Ihnen die Sachen aus.»

«Können Sie sie mir nicht hierherbringen?»

«Das geht leider nicht. Sie müssen die Empfangsbestätigung unterschreiben. Und da wäre der Abgleich.»

«Welcher Abgleich?»

«Das ist Vorschrift, Signora. Ihr Mann hatte seine Brieftasche im Jackett. Darin befand sich ziemlich viel Geld, dreitausend Euro, wenn ich mich recht erinnere, außerdem zwei Kreditkarten, die Bankkarte, ein Scheckheft, der Führerschein … Bei der Einlieferung wird alles dokumentiert, damit es bei der Rückgabe keine Missverständnisse gibt … Verstehen Sie?»

«Ja, ist gut. Ich komme mit.»

– Hallo? Bin ich da richtig bei Davoli?
– Ja. Wer ist da?
– Sind Sie Signora Davoli?
– Ja. Aber wer sind Sie?
– Ich heiße Ester Russo.
– Wer?
– Ester Russo. Wir haben uns mal kennengelernt, erinnern Sie sich nicht?
– Ach ja, natürlich. Wie geht es Ihnen?
– Gut. Und Ihnen?
– Danke gut. Was kann ich für Sie tun?
– Eigentlich wollte ich Ihren Mann sprechen.
– Giulio?
– Hm, ja.
– Sagen Sie mir, worum es geht, ich gebe es dann weiter.
– Ich bin Anwältin, Signora, vielleicht habe ich Ihnen das bei unserer Begegnung nicht gesagt. Ich unterliege der anwaltlichen Schweigepflicht, daher ...
– Ich verstehe.
– Ist Ihr Mann zu Hause?
– Nein.
– Wissen Sie, ob er noch dieselbe Mobilnummer hat?
– Ja.
– Er hat kein zweites Handy?
– Soweit ich weiß, nicht.
– Denn ich habe ihn angerufen, und er antwortet nicht.
– Er kann nicht antworten.
– Warum nicht?
– Sie wissen es nicht?
– Was?
– Es stand sogar im «Messaggero»!
– Was denn?

– Giulio hatte einen schweren Verkehrsunfall.
– Um Gottes willen! Wie geht es ihm?
– Er ist Gott sei Dank nicht in Lebensgefahr. Er hat eine Gehirnerschütterung, eine Fraktur des Kiefers und drei gebrochene Rippen. Und er kann momentan nicht sprechen.
– O Gott, wie furchtbar!
– Ich wusste gar nicht, dass Sie so eng mit Giulio befreundet sind.
– Nein ... es ist nur ... wir haben eine sehr gute Beziehung ... beruflich ... und eine so unerwartete Nachricht ... Sie verstehen ...
– Ich verstehe.
– In welchem Krankenhaus liegt er?
– Warum möchten Sie das wissen?
– Ich muss ihn besuchen ... es gibt da ein schwerwiegendes Problem, seine Arbeit betreffend, für das eine Lösung hermuss ...
– Die Ärzte haben vorläufig alle Besuche verboten, sie befürchten Komplikationen wegen der Kopfverletzung ... Darum habe ich Ihnen eben angeboten, Ihre Nachricht weiterzugeben. Ich kann jederzeit zu ihm, wenn es wichtig ist ...
– Sehr wichtig.
– Nun, dann ...
– Hören Sie, dann machen wir es so: Bitte sagen Sie ihm, dass er sich, sobald er kann, unverzüglich mit mir in Verbindung setzen soll, egal auf welchem Weg.
– Wie sagten Sie, war Ihr Name?
– Ester Russo.
– Ich richte es ihm aus.
– Vielen Dank, Signora. Das ist wirklich sehr freundlich.

– Und Sie sind sicher, dass ich Ihnen nicht helfen kann?
– Nein.
– Wie Sie meinen.

Il Messaggero

SCHWERER VERKEHRSUNFALL

9. Januar 2008 Bei Kilometer 123 der Via Aurelia, Richtung Rom, wurde gestern kurz nach Mitternacht ein Panda von einem auffahrenden Auto mit hoher Geschwindigkeit gerammt. Am Steuer des Pandas saß der bekannte Bauunternehmer Giulio Davoli.

Der auffahrende Wagen fuhr sofort weiter, Davoli aber verlor die Kontrolle über sein Auto und stürzte die Böschung hinunter. Der Fahrer eines vorbeikommenden Autos leistete Erste Hilfe, Davoli wurde ins Krankenhaus gebracht, wo die Ärzte noch keine gesicherte Diagnose stellen wollten.

Die Redaktion hält es für geboten, den Namen des Retters zu nennen, es ist Signor Anselmo Corradini aus Rom. In Zeiten zunehmenden Rowdytums im Verkehr, wo Menschen bei schweren Unfällen einfach weiterfahren, hat er angehalten und unverzüglich Hilfe geleistet. Mehr noch: Da der Krankenwagen sich verspätete, zögerte Corradini nicht, den Verletzten in sein Auto zu tragen und selbst ins Krankenhaus zu fahren.

– Hallo, spreche ich mit Anselmo Corradini?
– Ja, das bin ich.
– Sind Sie derjenige, der Erste Hilfe …
– Herrje! Das ist jetzt schon der vierte Anruf! Was ist los mit euch, habt ihr zu viel Zeit?
– Bitte entschuldigen Sie, ich wollte nur wissen, ob Sie das waren oder nicht.
– Ich war's nicht. Ich hab nicht mal 'n Auto!

[…]

– Hallo, spreche ich mit Anselmo Corradini?
– Ja.
– Bitte entschuldigen Sie, aber haben Sie letzte Nacht einem Autofahrer geholfen, der …
– Ja, das war ich. Sind Sie Journalistin?
– Ja, ich bin von den «Radionachrichten».
– Wollen Sie mich interviewen?
– Gerne, wenn Sie so freundlich wären …
– Kein Problem. Wann wollen Sie vorbeikommen?
– Wir müssen uns nicht treffen. Ich kann das Interview auch am Telefon führen. Jetzt sofort, wenn Sie einverstanden sind.
– Gut. Ich würde nur gerne vorher ein Glas Wasser trinken. Ich bin ein bisschen aufgeregt, wissen Sie.
– Ja natürlich, ich warte.

[…]

– Hier bin ich wieder.
– Einen Moment noch, Signor Corradini, die Kollegen von der Regie fragen gerade, ob Sie uns den Namen des

Krankenhauses nennen können, in das Sie Signor Davoli gebracht haben. Dann schicken wir ein Aufnahmeteam dorthin, um auch mit ihm ein Interview zu machen. Beides zusammen würde gut kommen.
– Ich habe ihn ins American Hospital gebracht.
– Danke. Fangen Sie an zu erzählen.
– Also, ich kam aus Grosseto, mit meiner Frau und meinem Sohn Nicola, er ist sechs Jahre alt und geht in die erste Klasse. Wir waren zu Besuch bei der Schwester meiner Frau in Grosseto, der es gerade nicht gut geht. Und es regnete. Es war nicht angekündigt, dass es regnen würde. Da kam ganz schön was runter, die Sicht war schlecht … Ist das okay so, Signorina? Hallo? Hallo? Verdammt, die Leitung wurde unterbrochen.

«Entschuldigung, auf welchem Zimmer liegt Signor Davoli?»
«Warten Sie, ich sehe nach. Das ist Zimmer 210. Aber Besuche sind momentan leider nicht gestattet.»
«Was soll das heißen?»
«Das heißt, dass Besuche nicht gestattet sind.»
«Aber ich bin seine Cousine!»
«Selbst wenn Sie seine Schwester wären …»
«Aber Giuditta geht auch zu ihm, wann sie will.»
«Wer ist Giuditta?»
«Seine Frau.»
«Signora Davoli hat eine Sondergenehmigung.»
«Ich muss ihn aber unbedingt sehen!»
«Ich kann Ihnen leider nicht weiterhelfen. So lautet die Anordnung. Guten Tag.»
«O Gott! Was soll ich denn jetzt machen? Wie soll ich das aushalten?»
«Bitte machen Sie hier keine Szene. Und vor allem fangen Sie jetzt nicht an zu weinen!»

[…]

«Signora?»
«Ja?»
«Beruhigen Sie sich. Ich habe gehört, was Schwester Matilde eben gesagt hat. Sie ist ein Biest. Wenn Sie wollen …»
«Entschuldigung, wer sind Sie?»
«Ich heiße Giacomo, ich bin Pfleger hier. Ich betreue Signor Davoli.»
«Sie könnten mich zu ihm bringen?»
«Nein. Das wäre zu gefährlich. Außerdem kann er nicht sprechen, wegen des gebrochenen Kiefers. Er kann aber schreiben. Wenn ich ihm etwas ausrichten soll …»

«Da wäre phantastisch! Sagen Sie ihm, dass Ester ihn unbedingt so schnell wie möglich kontaktieren muss. Tun Sie mir diesen Gefallen? Ich schreibe Ihnen meine Telefonnummer auf.»
«Natürlich.»
«Himmel, das ist zu schön, um wahr zu sein. Ich weiß nicht, wie ich Ihnen danken soll. Hier, nehmen Sie das.»
«Danke. Und seien Sie unbesorgt.»

Von: estermarsili@hotmail.com
An: mariadestefani@hotmail.com
Re: Umarmung
10. 01. 2008

Liebe Maria,
ich schreibe dir lieber, statt dich anzurufen. Am Telefon wäre ich viel zu aufgewühlt. Aber ich muss meine Gedanken ordnen, hier ist zu viel passiert.
Noch nie war deine Abwesenheit für mich so schwer wie in diesen Tagen. Es geht um Ereignisse, die mich erschüttert haben, und ich ahne das Schlimmste.
Wenn du hier wärst, könntest du mir einen Rat geben und mich vor allem so trösten, wie nur du es kannst.
Wie du weißt, treffe ich mich dreimal die Woche nachmittags mit Giulio in der kleinen Wohnung im Borgo Pio, die er gemietet hat, damit wir in aller Ruhe zusammen sein können.
Das Auto parke ich immer in einer kleinen Parallelstraße, und den Schlüssel lasse ich bei einem netten Obstverkäufer, er heißt Carlo und ist ein bisschen verliebt in mich, darum stellt er das Auto um, wenn nötig.
Vor etwa einem Monat hat Carlo mir erzählt, dass etwas Seltsames passiert sei, kurz nachdem ich geparkt hatte. Er bediente gerade einen Kunden, als ihm ein Mann auffiel, der das Nummernschild meines Autos mit seinem Handy fotografierte. Weil er den Mann für einen Verkehrspolizisten hielt, hat er sich aus der Ladentür gelehnt und ihm zugerufen, ob er das Auto vielleicht nicht ordnungsgemäß geparkt habe. Doch der Mann ist, ohne zu antworten, schnell weggelaufen. Carlo sagt, das sei ein Glück gewesen, er habe mein Auto nämlich schnell auf einen anderen Platz parken können, wo gerade eine Frau weggefahren war. Es gäbe also keinen Grund, mir ein Bußgeld oder so was anzuhängen.

Der Mann sei in Zivil gewesen und ziemlich gut gekleidet. Als ich Giulio davon erzählte, wurde er nachdenklich und hat mich gefragt, ob ich sicher sei, dass Stefano keinen Verdacht hegt. Seiner Meinung nach kann man nicht ausschließen, dass mein Mann mir hinterherspionieren lässt.

Du kennst Stefano. Er ist verschlossen, manchmal etwas mürrisch, aber zu heimlichen Aktionen ist er absolut nicht fähig. Was er denkt, sagt er offen, manchmal auch ein bisschen grob. Wenn er den leisesten Verdacht wegen Giulio und mir hätte, würde er mir das sofort ins Gesicht sagen.

Das war der Stand der Dinge, als ich vor ein paar Tagen in die Wohnung ging, um dort sauberzumachen, weil Giulio gerade nicht in Rom war. Das mache ich immer, wenn er nicht da ist, denn wenn er da ist, landen wir bei ganz anderen Dingen als dem Hausputz.

Aber als ich rausging ...

Mein Gott! Wenn ich daran denke, werden meine Knie weich, und mir bricht der Schweiß aus.

Als ich aus der Haustür ging, stand direkt davor ein Auto. Unmöglich zu übersehen. Es war Stefanos Auto!

Ich wollte schon wegrennen, aber, ich weiß auch nicht wie, ich konnte mich zusammenreißen und genauer hinschauen. Das Nummernschild war unlesbar, hinten und vorn war sein Auto von zwei anderen Wagen zugeparkt.

Ich habe meinen ganzen Mut zusammengenommen und bin zu dem Auto gegangen. Auf der Rückbank konnte ich einen Schirm von mir erkennen.

Ich habe mich umgesehen, aber Stefano war nicht in der Nähe. Es sei denn, er stand versteckt in einem Hauseingang ...

Du verstehst, in welcher Verfassung ich gewartet habe, bis er zum Abendessen nach Hause kam!

Aber es war wie immer.

Ich wurde langsam ruhiger, da kommt er während des Nachtischs plötzlich mit diesem Satz: «Du warst heute Nachmittag im Borgo Pio?»

Mir wurde eiskalt. Es war entsetzlich schwer, mich zusammenzunehmen.

«Ich? Im Borgo Pio?», frage ich erstaunt zurück. Und dann: «Warum fragst du?»

In gleichmütigem Ton sagt er: «Ich dachte, ich hätte dich gesehen.» Und nach einer Pause: «Hab mich wohl geirrt.»

Wir sind ins Bett gegangen, und er wollte mit mir schlafen. Du weißt, dass er in diesem Punkt einen inneren Kalender hat, an den er sich eisern hält: der erste und der letzte Tag im Monat. Tödlich langweilig. Deswegen hat mich dieses Bedürfnis außerhalb der festgelegten Zeiten überrascht und nachdenklich gemacht. Hinterher noch mehr.

Denn Stefano war sehr heftig, fast gewalttätig, so hat er sich in sechs Jahren Ehe nie verhalten. Warum?

Natürlich habe ich am nächsten Tag gleich Giulio angerufen. Ich wollte ihn fragen, was ich tun soll. Ob es vielleicht besser wäre, unsere Treffen im Borgo Pio ein paar Tage lang einzustellen. Aber er hat nicht auf meine Anrufe geantwortet.

Aus Verzweiflung habe ich schließlich seine Frau angerufen, und so erfahren, dass er einen Autounfall hatte und im Krankenhaus liegt. Er kann nicht sprechen, sein Kiefer ist zertrümmert.

Jetzt sitze ich hier und weiß nicht, was ich machen soll.

Ich umarme dich fest.

Ester

PS: Morgen Nachmittag werde ich zum Borgo Pio fahren. Ich werde ein Stündchen dort bleiben, nichts tun, und dann wieder gehen. Ich will sehen, ob mir jemand folgt oder ob Stefanos Auto wieder in der Nähe steht.

zwei

«Hallo, wer ist da?»
«Ich bin's, Signora, Giacomo.»
«Der Krankenpfleger?»
«Ja.»
«Vierter Stock, rechts vom Fahrstuhl.»

[...]

«Guten Tag, Giacomo. Haben Sie mit Giulio sprechen können?»
«Ja, Signora. Er sagt, wenn Sie ihm schreiben wollen ... ich kann ihm den Brief bringen.»
«Dem Himmel sei Dank! Ich schreibe sofort.»
«Ich könnte inzwischen ...»
«Wie geht es ihm?»
«Etwas besser. Aber solche Frakturen benötigen Zeit, um zu heilen. Wie lange brauchen Sie für den Brief?»
«Eine Stunde bestimmt.»
«Dann mache ich jetzt schnell einen Botendienst, danach komme ich vorbei und hole den Brief ab.»
«Kommen Sie auch wirklich vorbei?»
«Soll das ein Witz sein? Ich halte mein Wort.»
«Dann bis später.»

[…]

– Hallo, Ester?
– Maria! Wie schön, dich zu hören! Du weißt nicht, wie …
– Ich habe deine Mail bekommen. Warst du schon im Borgo Pio?
– Ich wollte gestern hin, aber mir ist im letzten Moment was dazwischengekommen. Ich fahre morgen.
– Tu's nicht.
– Warum nicht?
– Wenn dein Mann wirklich etwas argwöhnt, ist es besser, du lässt dich nicht blicken, meinst du nicht auch?
– Aber …
– Soviel ich weiß, hast du weder Verwandte noch Freunde in der Gegend. Wenn du deinem Mann plötzlich gegenüberstehst und er dich fragt, was du dort machst, so weit weg von deiner Wohnung, was sagst du ihm dann?
– Das habe ich mir schon überlegt. Ich sage, dass es da ein Antiquariat gibt, wo ich …
– Das geht nicht.
– Warum?
– Weil du das letzte Mal geleugnet und die Erstaunte gespielt hast, als er sagte, dass er dich im Borgo Pio gesehen hat.
– Stimmt!
– Siehst du? Sei vorsichtig.
– Weißt du, was? Ich glaube, ich habe es geschafft, mit Giulio Kontakt aufzunehmen.
– Wie das?
– Mit Hilfe eines Krankenpflegers. Ich habe ihm geschrieben.
– Was hast du geschrieben?
– Praktisch dasselbe, was ich dir erzählt habe.

– Dann warte seine Antwort ab, bevor du irgendetwas unternimmst. Tu nichts Eigenmächtiges, ich bitte dich.
– Einverstanden. Wie geht es dir eigentlich? Erzähl mir von dir.

Ich diktiere Giacomo weil es mir noch schwerfällt mit der Hand zu schreiben.
Ich habe deinen Brief erhalten.
Hier habe ich weder Geld für persönliche Ausgaben noch ein Handy zur Verfügung.
Bitte gib Giacomo fünftausend Euro oder so viel wie du kannst.
Er ist vertrauenswürdig.
Du solltest Stefano genauer beobachten und herausfinden ob er andere Gründe hat in den Borgo Pio zu fahren.
Ich küsse dich meine Geliebte,
du fehlst mir sehr
Giulio

«Ciao Carlo.»
«Signora Ester! Jeden Tag schöner!»
«Danke.»
«Lassen Sie mir den Autoschlüssel heute nicht da?»
«Nein, ich fahre gleich weiter. Ich wollte dich etwas fragen.»
«Ich stehe ganz zu Ihrer Verfügung.»
«Bedien erst mal diese Dame dort.»

[...]

«Hier bin ich wieder.»
«Carlo, erinnerst du dich, dass du mir vor ein paar Tagen von einem Mann erzählt hast, den du dabei beobachtet hast, wie er mein Auto fotografierte?»
«Natürlich erinnere ich mich.»
«Schau mal, hier ist ein Foto. Sag mir, ob das derselbe Mann ist.»
«Nein, das ist er nicht.»
«Bist du sicher?»
«Ach, Signora, sicher ist nur der Tod.»
«Also bist du dir nicht ganz sicher?»
«Es kommt mir nicht so vor, als ob es derselbe ist.»
«Warum nicht?»
«Der andere war, glaube ich, ein bisschen größer.»
«Mehr nicht?»
«Etwas kräftiger.»
«Das ist alles?»
«Liebe Signora, ich hab ihn aus dem Augenwinkel gesehen, während ich eine Kundin bediente. Und er ist sofort abgehauen, als er mich gehört hat.»
«Trug er einen Regenmantel oder einen Trenchcoat?»
«Tut mir leid, daran erinnere ich mich auch nicht.»

«Weißt du, was, Stefano? Heute Nachmittag hatte ich nichts zu tun, da ist mir eine Idee gekommen. Du hast doch neulich vom Borgo Pio gesprochen, also bin ich einfach mal hingefahren.»
«Warum das?»
«Weil ich da nicht oft vorbeikomme.»
«Aha.»
«Eine pittoreske Gegend, nicht?»
«Stimmt.»
«Aber die Gassen sind so eng, und ich glaube, in den Wohnungen gibt es ziemlich wenig Licht.»
«Kann sein ...»
«Ist die Wohnung, in die du gehst, hell?»
«Ich gehe dort in keine Wohnung.»
«Ach, nein?»
«Nein.»
«Wohin gehst du dann, wenn du dort bist? Du hast gesagt, es sei dir so vorgekommen, als hättest du mich gesehen ...»
«Ester, du redest, als würde ich jeden Tag zum Borgo Pio fahren! Reich mir mal den Salat.»
«Ja, und?»
«Und was?»
«Du sagst mir nicht, wohin du gehst.»
«Was soll diese plötzliche Neugier?»
«Na gut, vergessen wir's, wenn du es mir nicht sagen willst.»
«Hör zu, das ist kein Geheimnis. Einer meiner Kunden hat sich eine Art Laube auf der Terrasse gebaut, die Stadt will sie abreißen lassen, weil er keine Baugenehmigung hatte, aber mein Kunde behauptet, er hätte einen regulären Antrag gestellt, und weil er innerhalb der vorgeschriebenen Zeit keine Antwort erhalten hat ... du weißt schon, diese Sache mit der schweigenden Zustimmung ...»

«Warum hast du dann gesagt, du warst nicht in einer Wohnung?»
«Weil eine Laube auf einer Terrasse keine Wohnung ist. Und jetzt Schluss damit, ich hab genug von dieser Geschichte.»

«Guten Tag, Signora.»
«Guten Tag, Giacomo. Wie geht es Giulio?»
«Er erholt sich gut.»
«Hat er Ihnen diesmal nichts für mich mitgegeben?»
«Nein, Briefchen sind nicht mehr nötig, Signora.»
«Warum nicht?»
«Er hat mich gebeten, ihm ein Handy zu kaufen.»
«Dann kann ich ja mit ihm sprechen!»
«Nein, Signora. Noch kann er nicht sprechen. Außerdem wäre es gefährlich.»
«Gefährlich?»
«Ja. Gut möglich, dass er vergisst, das Telefon auszuschalten, wenn seine Frau ihn besucht …»
«Stimmt auch wieder.»
«Signor Giulio will das Telefon nicht mal bei sich haben. Ich habe es, sehen Sie? Hier ist es.»
«Aber wenn Sie es bei sich haben …»
«Kein Problem. Schicken Sie ihm ruhig Nachrichten. Wenn er allein ist, zeige ich sie ihm.»
«Wenn ich ihm nun aber sehr viel zu sagen habe …»
«In dem Fall rufen Sie mich an, ich komme, und Sie geben mir einen Brief für ihn mit.»
«Wie gut, dass es Sie gibt, Giacomo! Sie sind ein Engel. Hier, nehmen Sie, das ist für Sie.»
«Vielen Dank, Signora. Sie sind sehr großzügig.»
«Geben Sie mir die Nummer des Handys, damit ich sie in mein Adressbuch aufnehmen kann.»
«3402476. Ach ja, ich wollte Ihnen noch sagen, dass es besser ist, wenn Sie Ihre Nachrichten zwischen neun und zehn Uhr morgens und drei und vier Uhr nachmittags schicken. Das sind die ruhigsten Zeiten in der Klinik.»
«Könnten Sie ihm vorerst diesen Brief übergeben?»

«Heute Abend ist meine Schicht schon zu Ende. Ich kann ihm den Brief erst morgen früh um halb acht geben.»
«In Ordnung, danke.»
«Auf Wiedersehen.»

Mein Liebster,
es freut mich so sehr, zu hören, dass es dir immer besser geht. Noch nie war mir so klar wie jetzt, dass ich ohne dich nicht leben kann. Und zum ersten Mal verspüre ich heftigen Neid auf deine Frau, die dich weiterhin jeden Tag sehen kann.
Ich flehe dich an, werde bald gesund!
Ich habe versucht, aus Stefano etwas herauszukriegen, aber er war sehr ausweichend, hat mir nicht in die Augen gesehen, während er mit mir sprach, und klang ziemlich angespannt.
Am besten erzähle ich alles der Reihe nach.
Gestern bin ich mit einem Foto von Stefano in die Nebenstraße vom Borgo Pio gefahren und habe es Carlo gezeigt, dem Obsthändler, um zu erfahren, ob er der Mann war, der mein Auto fotografiert hat. Carlo hat ihn nicht wiedererkannt, aber er war ziemlich unsicher.
Dann bin ich in unsere Straße gegangen. Und stell dir vor, dort stand wieder Stefanos Auto, aber er hatte nicht wie beim ersten Mal direkt vor der Haustür geparkt, sondern ein wenig weiter weg. Es ist sehr wahrscheinlich, dass er mir folgt, sobald ich das Haus verlasse.
Beim Abendessen habe ich ihn provoziert und gesagt, ich sei am Nachmittag im Borgo Pio gewesen, um das Viertel kennenzulernen. Ich war innerlich in Panik, fürchtete, ich hätte einen falschen Schritt getan. Doch auf diese Weise konnte ich ihn fragen, warum er denn im Borgo Pio gewesen sei.
Er hat geantwortet, dass er wegen eines nicht genehmigten Baus bei einem Kunden war. Doch, wie gesagt, es wirkte nicht überzeugend auf mich.
Ich habe Angst.

Ich glaube, es wäre besser, wenn du, sobald du aus dem Krankenhaus kommst, einen anderen, sichereren Ort für unsere Treffen suchst.
Was soll ich tun? Wie soll ich mich verhalten?
Du fehlst mir, ohne dich bleibt mir keine Luft zum Atmen.
Ich küsse dich in unendlich großer Liebe
Ester

Eingegangene Nachrichten

Giulio
Liebste, unternimm nichts und fahr auf keinen Fall in den Borgo Pio, bleib, so oft du kannst, zu Hause, zeige dich heiter und gelassen.
Behalt die Nerven, ich bitte dich. Kuss Kuss Kuss

Ester
Deine Ratschläge verwirren mich nur noch mehr.
Es kommt mir vor, als hätte dich etwas erschreckt, warum?
Erklär mir das, sonst werde ich verrückt.
Ich küsse dich in ewiger Liebe

Giulio
Ich erkläre dir alles, wenn ich entlassen werde.
Im Moment möchte ich dir nicht noch mehr Sorgen bereiten.
Tu, was ich dir gesagt habe, und frag nicht weiter.
Ich sehne mich nach dir und küsse dich.
Ich liebe dich

– Spreche ich mit Signora Davoli?
– Ja. Wer ist da?
– Antonio Presta. Ich bin Mitarbeiter der Versicherung, die mit dem Unfall Ihres Mannes betraut ist. Ich müsste mich dringend mit Ihnen treffen, um über den Fall zu sprechen.
– Was gibt es da zu besprechen? Es ist leider alles so klar.
– Formalitäten, Signora. Lästig, das verstehe ich, aber unerlässlich.
– Können wir das nicht auch am Telefon machen?
– Nein, Signora. Es müssen Papiere unterschrieben werden ...
– Hören Sie, im Augenblick habe ich leider überhaupt keine Zeit. Ich gehe morgens und nachmittags zu meinem Mann ins Krankenhaus und habe ehrlich gesagt ...
– Es handelt sich um eine knappe Stunde.
– Eine Stunde!
– Nun, wissen Sie, es gibt einige heikle Fragen ...
– Welche?
– Zunächst einmal gehörte der Panda nicht Ihrem Mann, sondern Ihnen, Signora.
– Was ist daran merkwürdig? Das macht er oft! Es ist viel bequemer für ihn, mein Auto zu benutzen.
– Die Sache ist nicht so einfach, wie es Ihnen erscheint, glauben Sie mir. Lassen Sie mich kommen, ich bitte Sie, in Ihrem eigenen Interesse.
– Na gut. Sagen wir heute Abend um sieben Uhr bei mir?
– Ausgezeichnet. Ich danke Ihnen, Signora.

drei

«Ich habe nicht recht verstanden, was Sie sagten, Signora. Würden Sie das bitte wiederholen?»
«Meine Güte, was gibt es da nicht zu verstehen? Außerdem bin ich sehr müde.»
«Ich bitte um Entschuldigung, aber seien Sie so gut und ...»
«Am Morgen des Unfalls hat mein Mann mich gefragt, ob er meinen Panda anstelle seines SUVs nehmen kann, mit dem er immer auf die Baustellen fährt. Er hat mir außerdem mitgeteilt, dass er den SUV nicht in unsere Garage gefahren, sondern auf der Straße geparkt hat, in der Nähe unserer Wohnung.»
«Warum?»
«Manchmal macht er das so. Wenn er schnell wieder losmuss.»
«Aber aus Grosseto wäre er erst sehr spät zurückgekommen. Hatte er vor, in der Nacht noch einmal loszufahren?»
«Ich glaube nicht. Ich glaube eher, dass er nicht damit gerechnet hatte, dass es in Grosseto so spät werden würde.»
«Gut, fahren Sie fort.»
«Am Morgen nach dem Unfall wollte ich direkt ins Krankenhaus fahren, aber dann habe ich mir überlegt, dass es besser wäre, erst mal den SUV in die Garage zu stellen. Wo hier so viele Diebe rumlaufen! Ich habe an der Stelle nachgeschaut,

die Giulio mir genannt hatte, aber das Auto war nicht da. Ich bin einmal um den Block gegangen. Zweimal. Nichts. Also nahm ich an, dass der Wagen gestohlen wurde.»
«Haben Sie Anzeige erstattet?»
«Selbstverständlich. Auf dem örtlichen Polizeirevier.»
«Wissen Sie vielleicht, Signora Davoli, wo das Auto Ihres Mannes versichert war?»
«Bei Ihrer Gesellschaft.»
«Bei uns?»
«Ja, warum wundert Sie das?»
«Haben Sie unserer Gesellschaft den Diebstahl denn gemeldet?»
«Natürlich. Ich habe auch eine Kopie der Anzeige beigelegt.»
«Und warum wurde ich nicht darüber informiert?»
«Das fragen Sie mich?»
«Bitte entschuldigen Sie, ich muss die Angelegenheit sofort klären. Ich melde mich in Kürze wieder bei Ihnen.»

– Hallo, Ester.
– Maria! Ich wollte dich gerade anrufen!
– Ich habe gar nichts mehr von dir gehört, darum dachte ich …
– Tut mir leid. Aber ich weiß im Moment nicht, wo mir der Kopf steht. Glaub mir, das ist gerade keine angenehme Zeit für mich.
– Wie geht es Giulio?
– Offenbar erholt er sich schnell. Das hat mir der Pfleger gesagt. Aber ich durfte ihn immer noch nicht sehen.
– Du Ärmste!
– Wir sind über SMS in Kontakt.
– Gut!
– Und wie läuft's bei dir?
– Ich kann mich nicht beklagen. Francescos Geschäfte gehen sehr gut, darum ist er gerade freundlich und liebevoll zu mir, ein mustergültiger Ehemann, nicht mehr das unerträgliche Ekel, das er in Rom war. Mag daran liegen, dass wir hier im Plaza-Hotel wohnen und alles, wie soll ich sagen, einfacher ist …
– Wie schön, dass zwischen euch alles in Ordnung ist, das freut mich. Wenn du wüsstest, wie gern ich mal wieder einen ganzen Nachmittag mit dir verbringen würde! Es ist schrecklich, glaub mir. In einer solchen Situation niemanden zum Reden zu haben, dem man vertrauen kann.
– Einen ganzen Nachmittag kann ich dir nicht versprechen, aber zwei Stunden auf jeden Fall.
– Wie meinst du das?
– Darum rufe ich dich ja an. Ich komme morgen nach Rom, aber ohne Francesco, er kann nicht weg.
– Wirklich?
– Ja, ich bleibe zwei Tage. Unser Hausverwalter hat ange-

rufen, offenbar gibt es Probleme mit der Heizungsanlage. Genau habe ich das nicht verstanden. Egal, ich hätte sowieso kommen müssen, weil ich eine Menge Dinge zu erledigen habe. Jedenfalls ist das eine gute Gelegenheit, dich zu treffen.
– Das ist ja wunderbar. Sag mir jetzt gleich, wann du Zeit hast!
– Warum holst du mich nicht am Flughafen Fiumicino ab? Ich komme mit der Neun-Uhr-Maschine, wir könnten den Vormittag zusammen verbringen.
– Ich kann's immer noch nicht glauben! Einverstanden, ich komme und hole dich ab.

Eingegangene Nachrichten

Ester

Ich halte es nicht mehr aus ohne dich.
Giacomo sagt, dass du jetzt Besucher empfangen darfst.
Ich komme, wann du willst, wenn deine Frau nicht da ist.
Bitte sag nicht nein.
Ich küsse dich

Giulio

Vorerst ist nicht daran zu denken, sie ist immer hier, zu
allen Besuchszeiten.
Sei geduldig, ich bin es auch.
Bald haben wir genug Gelegenheit, die verlorene
Zeit nachzuholen. Du musst es irgendwie schaffen,
unbeobachtet zum Borgo Pio zu fahren und deine ganzen
Sachen mitzunehmen.
Wenn du etwas von mir findest, wirf es weg, die Wohnung
muss leer aussehen.
Ich küsse dich leidenschaftlich.
Überall.

«Ester, ich muss heute Abend wegfahren.»
«Wohin?»
«Nach Mailand.»
«Bleibst du lange fort?»
«Drei Tage.»
«Und freust du dich auf Mailand?»
«Nein. Aber es geht nicht anders.»
«Nimm noch ein bisschen Spaghetti.»
«Ich habe keinen Appetit.»
«Möchtest du einen …»
«Eh ich's vergesse: Soll ich Maria anrufen, wenn ich in Mailand bin?»
«Wie dumm von mir! Das hab ich dir ja gar nicht erzählt! Maria kommt morgen hierher.»
«Nach Rom?»
«Ja.»
«Bleibt sie länger?»
«Ja, für zwei Tage.»
«Schade, dass ich sie nicht sehen kann. Grüß sie von mir.»
«Mach ich.»

«Ich danke Ihnen, Signor Corradini, dass Sie mich empfangen. Wie ich schon am Telefon sagte, komme ich im Auftrag der Versicherungsgesellschaft. Ich bräuchte von Ihnen einige notwendige Erklärungen über den genauen Ablauf des Unfalls, dessen Zeuge Sie waren.»
«Gerne.»
«Darf ich unser Gespräch aufzeichnen?»
«Natürlich.»
«Dann erzählen Sie bitte, was in der Nacht geschehen ist.»
«Wäre es nicht besser, wenn Sie mir Fragen stellen?»
«Gut. Sie fuhren über die Via Aurelia und kamen von wo?»
«Aus Grosseto. Wir hatten dort die Schwester meiner Frau besucht, der es gerade nicht gut geht. Auch mein Sohn Nicola war dabei.»
«Was für ein Auto fahren Sie?»
«Einen Ulysse.»
«Fahren Sie fort.»
«Nun, irgendwann, es war nach Civitavecchia, habe ich ein Auto überholt, das langsam fuhr.»
«Erinnern Sie sich an die Uhrzeit?»
«Es war kurz nach Mitternacht.»
«Weiter.»
«Ich war noch nicht wieder auf die mittlere Spur gewechselt, als ein großes Auto mit sehr hoher Geschwindigkeit dicht an mir vorbeifuhr. Ich habe instinktiv das Steuer herumgerissen, es regnete stark, aber ich habe genau gesehen, was passierte.»
«Was ist passiert?»
«Das Auto, das mich rechts überholt hatte, stieß gegen den Wagen vor ihm und fuhr dann schnell weiter. Der Fahrer hat das Auto absichtlich gerammt und von der Straße gedrängt.»
«Moment mal, Signor Corradini. Denken Sie genau nach.

Wenn ich recht verstehe, sagen Sie, dass das Auto absichtlich angefahren wurde?»
«Zu hundert Prozent würde ich es nicht beschwören, aber zu neunzig Prozent ja.»
«Das ist eine sehr schwerwiegende Behauptung.»
«Ich weiß.»
«Worauf stützen Sie denn Ihre Gewissheit?»
«Wissen Sie, ich war früher Testfahrer. Ich habe viel Fahrpraxis und kenne mich mit Autos aus.»
«Sie schließen also aus, dass der auffahrende Wagen wegen des Regens oder überhöhter Geschwindigkeit ins Schleudern geriet?»
«Ich wiederhole, ich schließe das zu neunzig Prozent aus. Für mich war das kein Schleudern, sondern eine millimetergenau berechnete Korrektur der Lenkung. Der Wagen hat das andere Auto nicht direkt angepeilt, weil er es sonst nur vor sich her geschoben hätte, sondern genau so, dass es sich um sich selbst drehen und die Böschung hinunterstürzen musste. Und die Stelle war obendrein gut gewählt.»
«Was ist dann passiert?»
«Ich habe angehalten, als ich sah, wie das Auto sich überschlug. Alle anderen hinter mir sind weitergefahren. Ich habe mein eigenes und das Leben meiner Familie riskiert, um ihn zu retten. Meinen Sie, irgendein Schwein hätte uns geholfen? Meine Frau, mein Sohn und ich haben ihn die Böschung hochgetragen, bei dem Regen! Zum Glück war er nicht ohnmächtig, er konnte gehen, natürlich von uns gestützt. Aber das war nicht leicht, glauben Sie mir.»
«Ich verstehe. Signor Corradini, ist Ihnen klar, dass Sie mir soeben einen Mordversuch geschildert haben?»
«Natürlich ist mir das klar.»
«Haben Sie eine Aussage bei der Polizei gemacht?»

«Warum denn? Ich kann meine Hand nicht dafür ins Feuer legen, das habe ich Ihnen ja eben gesagt.»
«Aber ich habe die Pflicht, mich anders als Sie zu verhalten.»
«Wie meinen Sie das?»
«Ich muss meinen Vorgesetzten darüber Bericht erstatten.»
«Na und?»
«Und meine Vorgesetzten werden es der Polizei mitteilen.»
«Kann man darauf nicht verzichten?»
«Nein.»
«Das gibt garantiert kolossale Scherereien. Da sieht man mal, was es einem einbringt, wenn man Gutes tut!»

Eingegangene Nachrichten

Ester

Stefano ist gestern Abend nach Mailand abgereist.
Heute Morgen bin ich um sechs Uhr in den Borgo
Pio gefahren und habe alles ausgeräumt und in einen
Müllcontainer geworfen.
Es gibt keine Spuren mehr von uns.
Du glaubst nicht, wie traurig mich das macht.
Warum wolltest du das überhaupt?
Ich fahre jetzt nach Fiumicino, um Maria abzuholen,
die aus Mailand kommt.
Schreib mir, wie es dir heute geht.
Küsse

Giulio

Mir geht es viel besser.
Ich habe dich gebeten, die Wohnung im Borgo vollständig
auszuräumen, weil sie an einen befreundeten Kunden
vermietet werden soll. Er akzeptiert die rückwirkende
Datierung der Vermietung.
Ich werde dir das alles noch genauer erklären.
Jetzt umarme ich dich fest und küsse dich

Ester

Hast du dir denn schon einen anderen Ort überlegt, wo wir
zusammen sein können?
Ich halte es nicht mehr aus. Sobald du aus dem
Krankenhaus kommst, muss ich dich sofort sehen. Dann
werde ich dich auffressen.
Küsse

Giulio

Wie kannst du nur denken, ich hätte nicht vorgesorgt?
Heute Abend bringt Giacomo dir die Schlüssel einer leerstehenden Wohnung, die mir gehört.
Die Adresse ist Via Giulia 13.
Die Wohnung ist möbliert, aber vielleicht zu groß für uns.
Schau dir an, ob sie dir gefällt, wenn nicht, habe ich eine andere.
Gib mir sofort Bescheid, in der Zwischenzeit bedecke ich dich mit Küssen

Ester

Ich schaue sie mir noch heute Abend an.
Ich werde das Bett ausprobieren und dabei an dich denken.

Polizeikommissariat Rom
Corso Trieste 154

Aktenzeichen: 1563/A/12
Betr.: Davoli, Giulio
15. Januar 2008

An den Leitenden Polizeidirektor
Dottor Costantino Lopez

Bericht über das Verhör von Signor Corradini Anselmo, dem Zeugen des Verkehrsunfalls in der Nacht vom 7. auf den 8. d.M. bei Kilometer 123 der Via Aurelia, dem der bekannte Bauunternehmer Davoli Giulio, wohnhaft in Rom, Via Piave 87, zum Opfer fiel.
Corradini hat seine Aussage gegenüber Signor Antonio Presta, dem leitenden Angestellten der Gesellschaft, bei dem das angefahrene Auto versichert ist, im Wesentlichen bestätigt. Er habe den deutlichen Eindruck gehabt, dass es sich nicht um einen Unfall gehandelt habe, sondern um die gezielte Absicht des Fahrers des auffahrenden Autos, den von Davoli gefahrenen Wagen zu rammen.
Ich möchte hinzufügen, dass Corradini mir als ein ausgeglichener und umsichtiger Mensch erschien, der zudem über eine langjährige Fahrpraxis verfügt, da er viele Jahre lang Testfahrer war.
Nach der Zeugenaussage habe ich Signor Davoli im Krankenhaus aufgesucht.
Er ist noch nicht in der Lage zu sprechen, da er unter anderem eine Fraktur des Kiefers erlitt, aber er konnte meine Fragen beantworten, indem er mit einem Bleistift in ein Notizheft schrieb.

Davoli zeigte sich höchst erstaunt über die Vermutung, dass es sich um einen absichtlich herbeigeführten Unfall gehandelt haben soll.

Er wandte dagegen ein, dass der Fahrer des auffahrenden Wagens vermutlich wegen des Regens und der hohen Geschwindigkeit die Kontrolle über seinen Wagen verloren habe.

Davoli konnte weder das Kennzeichen noch das Modell des Autos erkennen, das ihn angefahren hatte, er merkte lediglich an, dass es «sehr groß» gewesen sei.

Er schloss auch kategorisch aus, Feinde zu haben, die ihn so sehr hassen, dass sie versuchen würden, ihn umzubringen.

Ich hatte den Eindruck, dass er nicht aufrichtig war und sogar etwas verschwieg. Ich wiederhole, es handelt sich hierbei lediglich um einen subjektiven Eindruck.

Anschließend habe ich die Wohnung der Familie Davoli aufgesucht, um mit Davolis Gattin zu sprechen.

Signora Davoli, die sehr erschüttert auf mich wirkte, erklärte sofort, dass sie über die beruflichen Aktivitäten ihres Mannes nicht informiert sei, und antwortete auf meine diesbezügliche Frage, dass nie Anrufe oder Briefe angekommen seien, in denen ihr Mann bedroht worden wäre.

Sie erklärte, dass das Unfallauto, ein Panda, ihr gehöre und dass ihr Mann sie gebeten habe, es auszuleihen.

Davoli, der einen SUV besitzt, hatte diesen in der Nähe der Wohnung geparkt. Als die Signora den SUV nach dem Unfall in die Garage stellen wollte, fand sie das Auto jedoch nicht mehr vor.

Sie zeigte den Diebstahl vorschriftsgemäß auf unserer Polizeidienststelle an.

Morgen werde ich das Gewerbeaufsichtsamt aufsuchen und Informationen über die unternehmerischen Aktivitäten von Giulio Davoli einholen.

Ispettore Capo
Attilio Bongioanni

vier

«Wie geht es Giulio?»
«Anscheinend besser. Aber du, Maria, ich sag's dir ganz ehrlich: Dass du so gut in Form bist, hätte ich nicht erwartet. Du siehst phantastisch aus! Die Luft in Mailand scheint dir wirklich gutzutun.»
«Ich glaube, ich habe es dir schon erzählt, aber diese plötzliche Verwandlung bei Francesco hat mich …»
«Wie kam das denn?»
«Keine Ahnung. Vielleicht verschafft ihm sein neuer Job viel Befriedigung … Zuletzt in Rom verging ja kein Tag ohne Streit. Erinnerst du dich, dass ich einmal sogar im Hotel übernachten musste?»
«Und ob ich mich erinnere!»
«Und jetzt, stell dir vor, vergeht keine Nacht, ohne dass wir …»
«Wirklich?»
«Ja. Ich kann es selbst kaum glauben, aber inzwischen bin oft ich diejenige, die sagt, sie hat keine Lust …»
«Du Glückliche!»
«Und er ist so liebevoll, zuvorkommend, aufmerksam … wir sind wie ein junges Ehepaar.»
«Ich beneide euch.»
«Sieh dir dieses Armband an.»

«Schön!»
«Hat er mir geschenkt. Und die Ohrringe hier!»
«Herrlich.»
«Auch ein Geschenk von ihm.»
«Hör auf, sonst platze ich vor Neid.»
«Und wie läuft's so mit Stefano?»
«Sprechen wir lieber nicht drüber. Der übliche todlangweilige Trott.»
«Und mit Giulio?»
«Der letzte Monat war ziemlich trüb.»
«Sag bloß.»
«Es war schrecklich, als er im Krankenhaus war und ich noch nichts von dem Unfall wusste. Er hat nicht auf meine Nachrichten und Anrufe reagiert. Also habe ich gedacht, dass er …»
«Sprich weiter.»
«Ich hab gedacht, er hätte mich verlassen.»
«Du übertreibst! Wie konntest du so was bloß denken? Giulio betet dich an.»
«Ich hatte meine Gründe.»
«Nämlich?»
«Ich hatte den Verdacht, dass er eine andere hat.»
«Unsinn!»
«Seine häufigen Reisen nach Grosseto gingen mir nicht mehr aus dem Kopf … aber darüber reden wir lieber später.»
«Apropos, was sind heute deine Pläne?»
«Ich bin völlig frei. Stefano ist gestern Abend nach Mailand geflogen. Ich kann den ganzen Tag mit dir zusammen verbringen. Ich kann sogar bei dir schlafen, wenn es dir nicht zu viel wird.»
«Das Problem ist nur, dass ich heute ziemlich viel zu erledigen habe. Pass auf, wir machen es so: Du kommst jetzt erst mal

mit zu mir, mal sehen, was zu Hause ansteht. Dann gehen wir gemeinsam Mittagessen und haben noch Zeit bis ungefähr fünf Uhr. Danach muss ich weg und ein paar Dinge für die Wohnung besorgen.»
«Und zum Abendessen?»
«Bin ich eingeladen, und es wird wohl spät.»
«Dann schlafe ich heute lieber nicht bei dir.»
«Das können wir für morgen Abend planen.»
«Meinst du, du kannst mich nach dem Mittagessen zu einem Termin begleiten?»
«Wohin?»
«Das ist eine Überraschung.»

Eingegangene Nachrichten

Ester

Ich bin mit Maria in der Via Giulia gewesen. Die Wohnung ist zu groß, aber das ist egal, wir lassen einfach drei Zimmer geschlossen.
Sie hat mir gut gefallen. Maria auch. Die Möbel sind allerdings grässlich. Bequem ist nur das Bett, aber mehr brauchen wir ja sowieso nicht.
Ich freue mich über deine Entscheidung und küsse dich. Gute Nacht, Liebster.

Giulio

Wir kaufen neue Möbel, sobald ich entlassen werde. Wahrscheinlich in zwei, drei Tagen. Ich bin froh, dass die Wohnung dir gefällt. Wir werden uns dort wohlfühlen.
Küsse

Ester

Wirklich schon in zwei Tagen?
Ich zähle die Minuten, noch einmal gute Nacht

«Mein Liebster.»
«Meine Liebste.»
«Ich werde nie genug von dir haben.»
«Ich auch nicht.»

[…]

«Glaubst du, dass alles gutgeht?»
«Ich bin mir ganz sicher.»
«Umarme mich.»

[…]

«Es wird Tag.»
«Machen wir einen Kaffee?»
«Warum nicht?»
«Ich gehe in die Küche und koche einen.»
«Ich komme mit.»

[…]

«He, was machst du, bist du verrückt geworden?»
«Ich nehme dich in den Arm und bringe dich zurück ins Bett.»

[…]

«Meine Liebste.»
«Mein Liebster.»
«Mein Leben.»
«Mein Glück.»

[…]

«Bist du sicher, dass alles gutgeht?»
«Ganz sicher.»
«Ich habe schreckliche Angst.»
«Sei nicht dumm!»
«Und wenn es schiefgeht?»
«Versuchen wir es noch einmal.»

[…]

«Jetzt muss ich wirklich gehen.»
«Nein, ich verbiete es dir.»
«Das ist unvorsichtig.»
«Kannst du nicht hierbleiben, bis …»
«Zu gefährlich.»

[…]

«Du gehst?»
«Ich muss.»
«Was wirst du den ganzen Tag machen?»
«Was soll ich schon machen? Ich verkrieche mich im Hotel.»
«Noch fünf Minuten. Umarme mich.»
«Ich rufe dich an, sobald ich Bescheid weiß.»
«Ich werde tapfer sein.»

Polizeikommissariat Rom
Corso Trieste 154

Aktenzeichen: 1563/A/13
Betr.: Davoli, Giulio
16. Januar 2008

An den Leitenden Polizeidirektor
Dottor Costantino Lopez

Wie im vorhergehenden Bericht angekündigt, habe ich beim Gewerbeaufsichtsamt Informationen über die Aktivitäten des Bauunternehmers Giulio Davoli eingeholt. Davolis Gesellschaft «Albanuova» arbeitet derzeit auf drei Baustellen:

1. An der Via Salaria, bei Kilometer 38, Bau eines Wellness-Centers mit zugehörigem Apartmenthotel für die Gäste.
2. In der Via Esterino Gonzaga, Nr. 197, Bau eines sechsstöckigen Wohnhauses.
3. An der Via Aurelia, bei Kilometer 125, Bau einer weitläufigen geschlossenen Wohnanlage aus acht Doppelhäusern, zwei Schwimmbädern, einem Tennisplatz und einem großen Park.

Davoli besitzt außerdem ein Dutzend Wohnungen in verschiedenen Stadtvierteln Roms, einige davon vermietet. Beim Gewerbeaufsichtsamt ging am 2. d. M. (also wenige Tage vor dem Unfall, in den Davoli verwickelt war) ein anonymes Schreiben ein, in dem schwerwiegende Ordnungswidrigkeiten auf der Baustelle an der Via Aurelia angezeigt wurden.
Die Beamten stellten vor Ort fest, dass Arbeitsschutzmaßnahmen fast völlig fehlen und sehr viele schwarz

bezahlte Einwanderer ohne Aufenthaltsstatus eingesetzt werden. Außerdem wurden weitere strafrechtlich relevante Ordnungsverstöße festgestellt.

Das Gewerbeaufsichtsamt ordnet mit dem heutigen Datum die sofortige Schließung der betreffenden Baustelle an und hat baldige Untersuchungen der anderen beiden Baustellen von Davoli in die Wege geleitet.

Davolis Behauptung gegenüber dem Unterzeichneten, er habe keine Feinde, scheint also mindestens gewagt, wenn nicht gelogen. Der Verfasser des anonymen Briefes an das Gewerbeaufsichtsamt kann sicherlich nicht als Freund bezeichnet werden.

Ich gebe außerdem zu bedenken, dass die Baustelle an der Via Aurelia sich in Richtung Rom zwei Kilometer vor dem Unfallort befindet.

Nur ein Zufall?

Oder hat sich der verhinderte Mörder auf der Baustelle postiert, um den Panda mit Davoli am Steuer vorüberfahren zu sehen?

Ich weise darauf hin, dass der Panda gelb war, also auch in einer Regennacht gut sichtbar.

Es stellt sich die Frage, wer wissen konnte, dass Davoli an besagtem Tag nach Grosseto fahren und erst am späten Abend zurückkehren würde.

Dies alles gibt Grund zu der Vermutung, dass der Urheber des anonymen Briefes und des Mordversuchs identisch ist und jemand sein könnte, der als Angestellter Davolis auf der Baustelle an der Via Aurelia arbeitet.

Ispettore Capo
Attilio Bongioanni

– Es ist alles gutgegangen. Du kannst beruhigt schlafen gehen.
– Das schaffe ich nicht. Ich wäre wirklich ein Schwein, wenn ich jetzt beruhigt schlafen würde.
– Sag nicht, dass du auf einmal Gewissensbisse kriegst.
– Nein, nein. Ich werde ein Schlafmittel nehmen.
– Ich liebe dich.
– Auf bald, Schatz.

– Hallo?
– Signora De Stefani?
– Ja.
– Maria De Stefani?
– Ja, aber wer ist denn da?
– Commissario De Luca.
– Commissario?
– Ich rufe aus Mailand an.
– Woher haben Sie meine Nummer? Von meinem Mann?
– Nein, nicht von Ihrem Mann, Signora, wir haben sie vom Hotel Plaza.
– Was wollen Sie von mir?
– Sie müssen so schnell wie möglich nach Mailand zurückkommen.
– Zurück nach Mailand? Warum denn?
– Weil … es Ihrem Mann … schlecht geht.
– Wem, Francesco?
– Ja, Signora.
– O Gott, was ist passiert?
– Tut mir leid … es ist ernst.
– O Gott, nein!
– Beruhigen Sie sich bitte.
– In welchem … Krankenhaus liegt er?
– Es hat wenig Sinn, wenn ich Ihnen das sage, Signora, Ihr Mann kann nicht sprechen.
– Was mache ich nur …
– Buchen Sie einen Flug, Signora, und sagen Sie mir, wann Sie ankommen. Ich schicke jemanden, der Sie am Flughafen abholt. Ich wiederhole, ich bin Commissario De Luca, und meine Mobilnummer ist 340282. Haben Sie das notiert?
– Ja. O Gott, nein …

– Ester! Mein Gott, Ester!
– Maria! Was ist los? Was hast du?
– Man hat mich gerade aus Mailand angerufen.
– Maria, bitte sprich! Lass mich nicht …
– Francesco scheint einen … es soll ihm sehr schlecht gehen … es ist ernst.
– Es ist ernst? Wer hat dich angerufen?
– Ich weiß nicht … ein Commissario … hab ich nicht genau verstanden, ich buche sofort einen Flug …
– Ich komme. Bleib ruhig.
– Ja, komm bitte.
– Ich bringe dich nach Fiumicino.

Eingegangene Nachrichten

Ester

Ich bringe Maria zum Flughafen, sie muss sofort zurück nach Mailand, offenbar geht es Francesco sehr schlecht.
Man weiß nichts Genaues.
Ich melde mich später.
Küsse

Giulio

Bitte schick mir keine Nachrichten mehr, wenigstens bis morgen nicht.
Gleich kommen der Anwalt und der Bauleiter, das Aufsichtsamt hat die Baustelle auf der Via Aurelia geschlossen, vielleicht gibt es ein Strafverfahren gegen mich.
Ich bin völlig durcheinander, weil ich meine Frau nicht erreiche, sie ist verschwunden.
Kannst du bitte zu mir nach Hause gehen und herausfinden, was los ist? Du kannst dich als meine zweite Sekretärin ausgeben.
Am Nachmittag schicke ich dir Giacomo, schreib mir einen Brief.
Kuss

«Sie wünschen?»
«Giuditta Davoli, ich möchte mit Capitano Fazi sprechen.»
«Ich weiß nicht, ob der Capitano im Moment Zeit hat.»
«Ich bin mit ihm verabredet. Wir haben gestern telefoniert.»
«Einen Moment bitte. Capitano? Hier ist eine Signora Davoli, die …»
«In Ordnung. Er kommt sofort, Signora.»

[…]

«Fazi. Guten Tag, Signora.»
«Guten Tag.»
«Gehen wir in mein Büro? Colombari, nehmen Sie die Koffer der Signora. Folgen Sie mir bitte.»

[…]

«Nun, Signora?»
«Wie Sie mir am Telefon geraten haben, habe ich alle Papiere mitgenommen, die er zu Hause in seinem Arbeitszimmer hatte. Sie sind in diesem Koffer.»
«Dürfte ich, falls nötig, für weitere Kontrollen zu Ihnen nach Hause kommen?»
«Ich habe alles mitgenommen, was da war. Ich habe sogar die Schreibtischschublade aufgebrochen, sie war voller Unterlagen. Dort bewahrte er die echten Rechnungsbücher auf und die Aufstellung der ins Ausland transferierten Gelder.»
«Wir werden keine Zeit verlieren, Signora, das versichere ich Ihnen. Wo kann ich Sie kontaktieren, falls erforderlich?»
«Ich gehe nicht nach Hause zurück. Sobald er erfährt, dass ich ihn bei der Finanzpolizei angezeigt habe, ist er imstande, mich umbringen zu lassen.»

«Wohin werden Sie gehen?»
«In eine Pension in der Via Asmara. Ich lasse Ihnen meine Handynummer da.»

fünf

Giulio, mein Liebster,
eine schreckliche Nachricht: Francesco, Marias Mann, ist tödlich verunglückt. Ich habe Maria nach Fiumicino gebracht, dann bin ich schnell zu dir nach Hause gefahren.
Ich habe lange geklopft, aber niemand hat geöffnet. Also bin ich hinunter und habe die Portiersfrau gefragt. Sie sagte, dass deine Frau gegen neun Uhr morgens aus dem Haus gegangen ist und zwei Koffer bei sich hatte. Ich nahm an, sie würde zum Mittagessen nach Hause kommen, also habe ich bis drei Uhr nachmittags im Auto gewartet. Dann bin ich in meine Wohnung zurückgefahren, weil ich todmüde war. Um fünf bin ich noch einmal hin, aber die Portiersfrau sagte, dass deine Frau immer noch nicht zurückgekommen sei. Ich habe bis sechs gewartet, vergebens.
Heute Abend gehe ich nicht mehr aus dem Haus, wenn du Anweisungen für mich hast, schick mir Giacomo hierher. Ich mache mir große Sorgen wegen dem, was du geschrieben hast, hoffentlich löst sich alles aufs Beste.
Unendlich viele Küsse.
Für immer deine
Ester

IL GIORNO

TÖDLICHER UNFALL IN DER U-BAHN

17. Januar 2008 Am gestrigen Morgen um 7.30 Uhr ereignete sich an der Haltestelle Piazza Cordusio der U-Bahn-Linie 1 ein tödlicher Unfall.

Da der öffentliche Nahverkehr, wie angekündigt, ab 12 Uhr mittags bestreikt werden sollte, herrschte dichtes Gedränge an den Haltestellen. Als der Zug in Piazza Cordusio einfuhr, eilten die wartenden Menschen wie immer auf die U-Bahn-Wagen zu, noch bevor diese zum Stehen kamen. Im Gemenge glitt Signor Umberto Galanti, 55, der Regenschirm vom Arm, worauf er sich bückte, ihn an der Schirmspitze fasste und aufheben wollte. In diesem Moment kam Dottor Francesco De Stefani angelaufen, stolperte über den Griff des Schirms, verlor das Gleichgewicht und stürzte vor den einfahrenden Zug. De Stefani ist 44, wohnhaft in Rom, aber derzeit in Mailand als Manager einer bekannten Firma tätig. Er verstarb noch auf dem Weg ins Krankenhaus Fatebenefratelli. Sehr viele Reisende waren Zeugen des Geschehens. Alle sagten übereinstimmend aus, es habe sich um ein tragisches Unglück gehandelt. Der U-Bahnverkehr wurde zwei Stunden lang eingestellt, was die ohnehin schon prekäre Versorgungslage beim öffentlichen Personennahverkehr weiter verschlechterte. Signor Galanti erlitt als unfreiwilliger Verursacher des grausamen Todes von Dottor De Stefani einen schweren Schock und musste sich in ärztliche Behandlung begeben. Besonders belastend kommt hinzu, dass er in der Firma, die der Verstorbene leitete, als Bote arbeitet.

– Liebste, wie geht es dir? Alles hätte nicht besser laufen können. Wir sind für immer aus der Sache heraus, du warst großartig.
– Du weißt, dass ich gut bin, weil ich dich immer an meiner Seite habe, auch wenn du weit weg bist. Jetzt kommt der schwierigste Teil für dich, sei bitte sehr vorsichtig.
– Ja, das stimmt, wir müssen noch eine weitere Prüfung überstehen, aber dann werden wir fürs ganze Leben wieder vereint sein.

Eingegangene Nachrichten

Giulio
Geh nicht mehr in meine Wohnung, ich glaube, Giuditta hat mir einen bösen Streich gespielt, und der kann mich ruinieren.
Ich werde dir alles mündlich erklären.
Heute werde ich entlassen, ich habe beschlossen, vorläufig in der Via Giulia zu wohnen.
Wir können uns morgen Vormittag dort treffen, wenn du willst.
Sprich mit niemandem darüber.
Auf bald. Küsse

Ester
Wenn deine Frau dich verlassen hat, kann ich dich doch aus dem Krankenhaus abholen?

Giulio
Du verstehst vielleicht nicht, was ich gemeint habe.
Wenn Giuditta das getan hat, was ich vermute, bin ich ruiniert. Mit Sicherheit hat sie unser Verhältnis entdeckt und rächt sich jetzt.
Meine Lage ist sehr heikel, du musst äußerst wachsam sein.
Wir mussten die Wohnung im Borgo Pio verlassen, weil du dachtest, dass dein Mann etwas von uns ahnt und unseren Treffpunkt entdeckt hat.
Lass uns dieses Mal vorsichtiger sein. Denn wenn das geschieht, was ich befürchte, werde ich in den Schlagzeilen landen, und ich möchte nicht, dass du in diese Sache verwickelt wirst.

Ich flehe dich an, pass sehr gut auf, wenn du mich besuchen kommst. Küsse

Ester
Stefano geht um acht Uhr ins Büro. Bist du einverstanden, wenn ich um neun Uhr zu dir komme?

Giulio
Gut, um neun, aber sei bitte pünktlich, denn um elf kommt der Anwalt.

Ester
Das ist mir zu kurz.

Giulio
Keine Sorge, wir holen alles nach.
Küsse

«Und, wie war's in Mailand?»
«Gut. Ich muss in ein paar Tagen wieder hin.»
«Maria hat mich heute angerufen ...»
«Das wollte ich dich ohnehin fragen: Warum hast du mich nicht in Mailand angerufen und mir von dem Unfall ihres Mannes erzählt?»
«Ich habe dich angerufen, aber dein Handy war ausgestellt.»
«Dann war ich gerade in einer Sitzung.»
«Danach habe ich nicht mehr dran gedacht.»
«Ich wäre bei ihr vorbeigegangen, vielleicht hätte ich ihr helfen können ...»
«Ich habe es wirklich vergessen, ich war so durcheinander.»
«Was will sie denn jetzt machen?»
«Heute am Telefon hat sie mir gesagt, dass sie, sobald sie alle Formalitäten erledigt hat, nach Rom zurückkommt. Sie hat keinen Grund mehr, in Mailand zu bleiben.»
«Und wo soll er beerdigt werden?»
«Hier in Rom, im Familiengrab.»
«Der Ärmste. Dieser Unfall war ziemlich merkwürdig, findest du nicht? Alles wirkt wie millimetergenau berechnet, der Mann, der seinen Schirm aufhebt, Francesco, der angelaufen kommt ...»
«Es war eben ein Schicksalsschlag.»
«Ja. Dieser Käse hier schmeckt übrigens nach gar nichts.»
«Wirklich? Dabei hab ich ihn im Bioladen gekauft.»

«Mein Geliebter, du ahnst ja nicht, wie sehr ich auf diesen Moment gewartet habe! Lass dich küssen! Noch mal, noch mal! Gott, wie ich dich begehre. Du bist dünner geworden, weißt du? Hast du Kopfschmerzen? Nein? Und in der Brust? Auch nicht? Wann wirst du wieder sprechen können?»
ich könnte jetzt sprechen, aber es ist mir zu anstrengend
«Das ist so eigenartig: Ich spreche mit dir, und du antwortest schreibend. Was meinst du, gehen wir nach drüben?»
ich habe meiner Sekretärin die Schlüssel gegeben, sie ist in die Wohnung gegangen und hat gesehen, dass Giuditta alle Papiere aus meinem Arbeitszimmer mitgenommen hat, sie hat sogar eine Schublade aufgebrochen, ich habe Angst, dass sie mich erpressen will, sie wird damit drohen, die gestohlenen Dokumente der Finanzpolizei zu zeigen
«Warum tut sie das?»
wahrscheinlich hat sie unsere Beziehung entdeckt, und eifersüchtig, wie sie ist, dreht sie jetzt durch
«Wie kann sie uns denn nur entdeckt haben?»
es gibt eine Erklärung. Kurz bevor ich angefahren wurde, hatte ich das Telefon in der Hand, um ihr Bescheid zu geben, dass ich in gut einer Stunde ankommen würde. Bei dem Unfall muss ich es verloren haben. Erst gestern habe ich erfahren, dass das Krankenhauspersonal es Giuditta übergeben hat. Jetzt sag mir: Hattest du mir Nachrichten geschickt?
«Natürlich, weil du am Telefon nicht geantwortet hast ... ich wusste nicht, was los war ... drei oder vier SMS habe ich dir sicher geschickt.»
diese letzten Nachrichten hat Giuditta gelesen, das ist klar. Die davor hatte ich schon alle gelöscht
«Mein Gott. Hoffentlich macht sie keinen öffentlichen Skandal! Stefano bringt mich um. Aber worum wolltest du mich bitten?»

«Hör … mir … gut zu.»
«Bist du sicher, dass du sprechen kannst?»
«Ich versuch's. Bevor du gleich gehst, gebe ich dir fünfzigtausend Euro in bar. Versteck sie irgendwo.»
«Fünfzigtausend Euro? Was soll ich damit machen?»
«Du musst sofort einen Privatdetektiv anstellen, zahl ihm, was er will, aber er muss so schnell wie möglich herausfinden, wo Giuditta steckt. Ich kann das nicht machen, weil ich vermute, dass man mich schon bald beobachten lässt.»
«Dann werden sie aber auch mitbekommen, dass ich dich besuche!»
«Drei oder vier Tage wird es schon noch dauern, glaube ich.»
«Und danach?»
«Danach wird man sehen. Wir denken besser noch nicht ans Danach. Alles hängt davon ab, was Giuditta unternimmt. Weißt du, dass sie mich ins Gefängnis bringen kann, wenn sie will?»
«Das werde ich verhindern. Ich nehme den besten Detektiv, den es gibt! Du hast mir auch etwas von Problemen wegen einer Baustelle angedeutet …»
«Ja, aber das ist das kleinste Übel. Bei der Sache weiß ich, was zu tun ist. Ich werde mit einer hohen Geldstrafe und der zeitweiligen Schließung der Baustelle davonkommen. Das eigentliche Problem ist Giuditta.»
«Komm, lass uns jetzt nicht mehr davon reden.»
«Gehen wir nach drüben?»
«Wir haben doch nur eine Stunde.»
«Besser als nichts, los!»

sechs

- Hallo, bist du das, Giulio?
- Giuditta! Endlich! Ich habe dich überall gesucht. Wie schön, deine Stimme zu hören. Warum bist du so plötzlich verschwunden? Von wo aus rufst du an?
- Ich vernehme mit Freuden, dass du wieder sprechen kannst.
- Ja, aber es ist anstrengend. Von wo aus rufst du an?
- Das ist unwichtig.
- Moment mal!
- Was ist?
- Woher hast du diese Nummer?
- Du erbärmlicher Trottel. Rate doch mal.
- Ich weiß es nicht …
- Dann hör zu. Unter deinen Papieren, die, nebenbei gesagt, höchst interessant sind, habe ich die Liste aller Wohnungen gefunden, die du in Rom besitzt. Bei manchen stand auch eine Telefonnummer dabei. Beim dritten Versuch habe ich dich gefunden. Also weiß ich auch, wohin du umgezogen bist.
- Scheiße! Ich kann dir alles erklären.
- Halt den Mund. Ich bin noch nicht fertig. Die Portiersfrau hat mir gesagt, dass du deine treue Sekretärin in unsere Wohnung geschickt hast, halt nein, in unsere ehemalige

Wohnung. Hast du gesehen, welch schöne Überraschung ich dir bereitet habe?
– Giuditta, ich verstehe deinen Groll, auch deine Wut ... aber findest du nicht, dass du übertreibst? Im Grunde war es für mich ein banales kleines Abenteuer. Die tiefen Gefühle, die ich für dich empfand und weiterhin empfinde, sind nicht im Geringsten beeinträchtigt. Vielleicht ist mein Gefühl heute sogar echter und tiefer als gestern.
– Scher dich zum Teufel.
– Giuditta, können wir uns nicht wenigstens für zehn Minuten sehen?
– Nein.
– Hör zu, ich bin sogar bereit, die Papiere zurückzukaufen, die du gestohlen hast.
– Das klingt nach einem interessanten Vorschlag.
– Gott sei Dank. Siehst du, dass sich alles klärt, wenn man miteinander spricht? Man muss alles vernünftig bereden.
– Mir scheint, ich bin vernünftig, oder?
– Ja, ja. Also, wollen wir jetzt gleich festlegen, wo du mich treffen willst, damit wir drüber reden können?
– Ich habe nicht die Absicht, dich zu treffen.
– Du willst lieber am Telefon verhandeln?
– Das ist besser.
– Wie viel verlangst du?
– Mindestens zwanzig Millionen.
– Euro?
– Was denn sonst?
– Aber das ist eine ungeheure Summe! Du bist verrückt. Außerdem habe ich solche finanziellen Spielräume im Moment nicht. Denn obendrein bin ich in ernsten Schwierigkeiten ... Man hat eine meiner Baustellen geschlossen, weißt du?

– Ich weiß.
– Wer hat dir das gesagt?
– Niemand.
– Woher weißt du es dann?
– Ich habe den anonymen Brief an das Gewerbeaufsichtsamt geschrieben.
– Verflucht! Du willst also meinen Untergang?
– Das merkst du erst jetzt?
– Bitte, Giuditta … ich flehe dich an … ich bitte dich inständig … auf Knien … bitte, gib mir diese Papiere zurück!
– Wie schön.
– Was?
– Dich betteln zu hören … Genau darum habe ich angerufen: weil ich hoffte, dich so weit erniedrigen zu können.
– Hör zu, einverstanden. Zwanzig Millionen, und Schwamm drüber.
– Zu spät.
– Was soll das heißen?
– Ich habe die Papiere bereits der Finanzpolizei übergeben.
– Was hast du getan?!
– Du hast sehr gut verstanden. Auf Nimmerwiedersehen. Oder, nein, wir sehen uns vor Gericht wieder.

Empfangene Nachrichten

Giulio
Vergiss den Detektiv. Giuditta hat meine Papiere schon der Finanzpolizei übergeben.
Ich bin ruiniert.
Die Wohnung in der Via Giulia verlasse ich sofort.
Wir bleiben über SMS in Kontakt.

Ester
Ich habe Angst und bin total verwirrt, schreib mir wenigstens deine neue Adresse.
Ich kann nicht leben, ohne dich zu sehen, bitte lass mich nicht ohne Nachricht, ich umarme dich fest.

Giulio
Noch habe ich nicht entschieden, wohin ich gehe.
Die Finanzpolizei besitzt eine Liste meiner Wohnungen.
Ich hoffe, ich finde einen Freund, der mich ein paar Tage aufnimmt.
Du bekommst Bescheid.
Unternimm nichts.

«Ich höre, Signora Davoli.»
«Ich will Sie nicht lange aufhalten, Avvocato. Ich bin gekommen, weil ich mich von meinem Mann scheiden lassen will.»
«Von Giulio?»
«Ich habe nur diesen einen Mann.»
«Bitte entschuldigen Sie, Signora, aber Sie erstaunen mich. Das kommt wie aus heiterem Himmel. Ich kenne Sie beide seit Jahren und hätte niemals gedacht, dass es zwischen Ihnen …»
«Ich hätte es auch nicht vermutet.»
«Und warum sind Sie zu diesem Entschluss gekommen?»
«Ich habe entdeckt, dass er mich betrügt.»
«Haha!»
«Sie finden das lustig?»
«Bitte entschuldigen Sie, Signora, aber erlauben Sie mir eine Bemerkung. Wenn alle, ob Frauen oder Männer, wegen eines schlichten Seitensprungs die Scheidung einreichen würden, bliebe uns Scheidungsanwälten keine Zeit mehr zum Atmen.»
«Das bezweifle ich nicht. Aber ich bin trotzdem fest entschlossen, mich scheiden zu lassen.»
«Haben Sie sich das genau überlegt? Mit kühlem Kopf? Denn oft trifft man unter dem Eindruck der Kränkung Entscheidungen, die, wenn sie gründlich überdacht würden …»
«Avvocato Mirabella, sagen Sie es mir doch einfach, wenn Sie den Fall nicht übernehmen möchten.»
«Sie verstehen, dass es meine Pflicht ist, vor allem Sorge zu tragen, dass …»
«Ihre Pflicht haben Sie getan.»
«Nun gut. Giulio weiß Bescheid?»
«Nein.»
«Meinen Sie nicht, dass es angemessen wäre, zumindest mit ihm zu sprechen, bevor das Verfahren eingeleitet wird?»

«Ich habe nicht die Absicht, mit ihm zu sprechen.»
«Wie Sie wollen. Wie haben Sie herausgefunden, dass Giulio Sie … Bevor Sie antworten, Signora, muss ich Ihnen sagen, dass hier Fakten vonnöten sind, konkrete Fakten, keine bloßen Vermutungen …»
«Avvocato, ich glaube, mein Mann hat sechs Wochen nach unserer Hochzeit angefangen, mich zu betrügen. Aber dabei handelte es sich um Seitensprünge, denen ich keine Bedeutung beimessen wollte, obwohl ich tief verletzt war.»
«Signora, Sie sollten verstehen, dass ein temperamentvoller, lebenslustiger Mensch wie Ihr Mann …»
«Ich habe ihn ja auch gewähren lassen.»
«Nun, mir scheint, dass …»
«Ich habe ihn gewähren lassen, bis ich vor einigen Monaten erkannte, dass er sich zu einer ernsten Geschichte hat hinreißen lassen, mit einer gewissen Ester.»
«Haben Sie Beweise?»
«Ich rede nicht einfach so daher. Ich habe einen Privatdetektiv engagiert. Er kann es belegen.»
«Tatsächlich?»
«Ja. Ich kann Ihnen sogar sagen, wo sie sich getroffen haben.»
«Sagen Sie es mir.»
«Im Borgo Pio, in einer Wohnung, die Giulio besitzt. Der Detektiv hat sie mehrmals gefilmt, als sie nacheinander in wenigen Minuten Abstand durch dieselbe Haustür hineingingen. Und diese Ester hatte nicht den geringsten Grund, das Haus zu betreten. Außer, um mit Giulio zu vögeln. Reicht Ihnen das?»
«Ich würde sagen, ja. Aber …»
«Was?»
«Ich frage noch einmal, wer sagt Ihnen, dass es sich dabei um eine ernste Sache handelte?»

«Das sagen mir die verzweifelten Nachrichten, die diese Ester ihm geschickt hat, als er nicht antworten konnte, weil er im Krankenhaus lag. Sehen Sie das hier?»
«Ja, ein Mobiltelefon.»
«Es gehört Giulio, er hatte es im Moment des Unfalls bei sich. Hier sind die ganzen Nachrichten, die Ester ihm geschickt hat. Sogar mich hat sie angerufen, diese Hure, um etwas über ihren Geliebten zu erfahren!»
«Wie sind Sie an das Handy gekommen?»
«Man hat es mir zusammen mit anderen persönlichen Gegenständen im Krankenhaus übergeben. Wenn Sie durch die Nachrichten scrollen, werden Sie aber noch etwas anderes entdecken. Wie ich leider auch.»
«Das wäre?»
«Giulio fuhr nach Grosseto, weil er eine Affäre mit einer gewissen Gianna hatte.»
«Gleichzeitig mit der Beziehung zu Ester?»
«Warum wundert Sie das? Sie haben mir doch eben gerade gesagt, dass Giulio ein temperamentvoller, lebenslustiger Mann ist … Die Nachrichten von Gianna sind vor denen von Ester eingetroffen. Erst ist Gianna ungeduldig, weil Giulio sich verspätet. Dann ist sie glücklich und zufrieden mit dem Treffen. Schließlich will sie so schnell wie möglich ein weiteres Treffen …»
«Lassen Sie mir das Telefon da, Signora, wir sehen uns morgen wieder. Guter Rat kommt über Nacht, wie man so sagt.»
«Übrigens: Wenn ich die Scheidung nicht einreiche, wird er es sicherlich tun.»
«Warum?»
«Weil ich ihn bei der Finanzpolizei angezeigt habe.»
«Sie haben ihn angezeigt?»
«Ja.»

«Um Himmels willen!»
«Und ich habe der Finanzpolizei die Papiere aus seinem Arbeitszimmer ausgehändigt, aus denen seine Bilanzfälschungen und seine Auslandskonten hervorgehen.»
«Sie haben ihn ruiniert.»
«Stimmt.»

«Fühlst du dich nicht, Ester?»
«Warum fragst du?»
«Du bist blass und abgespannt. Heute Nacht hast du dich andauernd im Bett hin und her gewälzt …»
«Habe ich dich gestört? Das tut mir leid.»
«Du hast mich nicht gestört. Aber ich mache mir Sorgen.»
«Was soll ich dir sagen? Seit gestern habe ich furchtbare Kopfschmerzen. Und Schüttelfrost.»
«Pass bitte auf dich auf. Vielleicht brauchst du ein wenig Ablenkung. Seit Francesco dieses Unglück zugestoßen ist, bist du nicht …»
«Es hat mich sehr getroffen, weißt du?»
«Das sehe ich. Warum besuchst du Maria nicht für ein paar Tage? Vielleicht braucht sie dich jetzt.»
«In Mailand?»
«Ja.»
«Und du?»
«Ich was?»
«Wie kommst du ohne mich zurecht?»
«Na, hör mal! Rede keinen Unsinn.»
«Na ja, eigentlich hast du recht …»
«Wenn du willst, lasse ich dir für Freitagabend einen Flug buchen. Ich bringe dich auch zum Flughafen.»
«Gut. Vielen Dank.»
«Reich mir bitte mal das Obst.»

– Wie geht es dir, Maria?
– Ester! Du hast gar nichts mehr von dir hören lassen.
– Giulio ist aus dem Krankenhaus raus, und …
– Ihr habt euch gesehen!
– Ja, zwei Stunden. Aber dann war die Hölle los.
– Was ist passiert?
– Offenbar hat seine Frau rausgefunden, dass wir eine Beziehung haben, und um sich zu rächen, hat sie ihn bei der Finanzpolizei angezeigt.
– Sag bloß!
– Entschuldige, dass ich dich mit meinen Geschichten belästige, du hast ja ganz andere Probleme …
– Keine Sorge, Ablenkung tut mir gut.
– Nun … Giulio will nicht, dass ich ihn besuche, er fürchtet, ich könnte in den Skandal verwickelt werden. Es geht mir so schlecht, dass sogar Stefano etwas gemerkt hat!
– Was hast du ihm gesagt?
– Dass es mir nicht gut geht.
– Und er?
– Hat mir vorgeschlagen, dich zu besuchen.
– Keine schlechte Idee.
– Dann bist du einverstanden?
– Was für eine Frage! Ich freue mich. Wann kommst du an?
– Stefano bucht mir einen Flug für Freitagabend.
– Und ich reserviere dir sofort ein Zimmer bei mir im Hotel.

– Hallo, Signora Davoli?
– Ja.
– Avvocato Mirabella hier.
– Was gibt es, Avvocato?
– Um das Scheidungsverfahren einzuleiten, müsste ich mit Giulio sprechen. Oder wenigstens seine Adresse haben.
– Bei unserem letzten Gespräch wohnte er noch in der Via Giulia. Dort liegt eine seiner vielen Wohnungen.
– Haben Sie ihn getroffen?
– Nein, ich habe ihn unter der Festnetznummer in dieser Wohnung angerufen.
– Können Sie mir diese Nummer bitte geben?
– Das ist zwecklos, inzwischen hat Giulio die Wohnung bestimmt verlassen, ich kenne ihn.
– Sie haben ihn also angerufen, nachdem er aus dem Krankenhaus entlassen war?
– Ja.
– Als Sie seine Papiere der Finanzpolizei schon übergeben hatten?
– Ja.
– Und warum erst dann?
– Weil ich wollte, dass er mich anfleht, es nicht zu tun, um ihm danach zu eröffnen, dass es zu spät ist. Ich habe ihm auch gesagt, dass seine Baustelle an der Via Aurelia geschlossen wurde, weil ich ihn beim Gewerbeaufsichtsamt angezeigt habe.
– Woher haben Sie denn gewusst, dass es Ordnungswidrigkeiten auf der Baustelle gab?
– Weil der Trottel mich einmal dorthin mitgenommen hat. Ich bin eine gute Beobachterin.
– Das bezweifle ich nicht, Signora.

IL GIORNO

BEKANNTER RÖMISCHER BAUUNTERNEHMER AN DER GRENZE VERHAFTET

19. Januar 2008 Am gestrigen Abend wurde der bekannte römische Bauunternehmer Giulio Davoli bei seinem Versuch, sich in die Schweiz abzusetzen, verhaftet. Staatsanwalt Giovanni Lamacchia hatte wegen Bilanzfälschung und Geldwäsche Haftbefehl gegen ihn erlassen. Außerdem wurde in den vergangenen Tagen eine seiner Baustellen geschlossen, weil das Gewerbeaufsichtsamt dort schwerwiegende Ordnungswidrigkeiten festgestellt hatte. Davoli wurde vor kurzem bei einem Verkehrsunfall verletzt. Gerüchten zufolge handelt es sich bei der Person, die Davoli erst beim Gewerbeaufsichtsamt und dann bei der Finanzpolizei anzeigte, um seine Frau.

sieben

– Capitano Fazi?
– Ja?
– Guten Tag. Ich bin Ispettore Capo Bongioanni. Erinnern Sie sich an mich?
– Natürlich. Wie geht es Ihnen?
– Danke, gut. Ich benötige dringend eine Information.
– Womit kann ich Ihnen helfen?
– Ich brauche die Adresse und Telefonnummer von Giuditta Davoli. Wir können sie nicht ausfindig machen. Sie haben sicher beides.
– Warum brauchen Sie sie?
– Weil die Signora vor einiger Zeit den Diebstahl eines SUVs angezeigt hat, der ihrem Mann gehörte. Wir haben einen solchen Wagen gefunden, aber ohne Nummernschild. Wir würden ihr gerne den Wagen zeigen und …
– Einen Moment, ich gebe Ihnen die Daten.

[…]

– Signora Davoli?
– Ja.
– Ich habe Ihre Nummer von Capitano Fazi erhalten, er hat mir auch Ihre Adresse gegeben.

– Wer spricht denn da?
– Entschuldigen Sie bitte, ich bin Ispettore Capo Bongioanni, Polizeipräsidium Rom.
– Haben Sie den SUV gefunden?
– Noch nicht. Doch ich müsste mit Ihnen sprechen.
– Worüber?
– Über verschiedene Dinge. Kann ich zu Ihnen kommen, oder möchten Sie lieber aufs Präsidium kommen?
– Ich komme lieber zu Ihnen.
– Dann erwarte ich Sie heute Vormittag, passt Ihnen das?
– Ja.
– Zweiter Stock, Zimmer 24. Bongioanni.

– Hallo? Maria, ich halte es nicht mehr aus! Ich bin kurz davor durchzudrehen, und jetzt habe ich auch noch hohes Fieber. Heute habe ich zufällig einen Blick in den «Giorno» geworfen, und was muss ich lesen? Giulio wurde verhaftet! Wusstest du davon?
– Ja, das kam in den Fernsehnachrichten. Wann kommst du an?
– Stefano hat das Ticket schon gekauft. Ich lande morgen Abend um zehn in Mailand.
– Ich hole dich am Flughafen ab.
– Gut. Aber du musst mir einen Gefallen tun, bitte.
– Was denn?
– Hast du einen Anwalt in deinem Bekanntenkreis?
– Ja, er hilft mir gerade bei den Formalitäten wegen Francesco.
– Fragst du ihn bitte, ob er herausbekommen kann, in welchem Gefängnis Giulio ist?
– Warum?
– Ich will ihn besuchen.
– Aber das ist unmöglich!
– Was?
– Ihn zu besuchen.
– Woher willst du das wissen?
– Ist doch klar. Ich bin sicher, im Moment darf er niemanden sprechen außer seinen Anwalt, und du gehörst nicht mal zu seiner Familie.
– Das ist mir scheißegal. Ich muss ihn sehen! Versuch du bitte erst mal herauszufinden, wo man ihn hingebracht hat.
– Na gut.
– Danke. Bis morgen dann.

«Signor Davoli, ich bin Avvocato Zulema. Mein Freund und Kollege Vannuccini, Ihr Anwalt in Rom, hat mich gebeten, Ihre rechtliche Vertretung hier in Mailand zu übernehmen.»
«Werde ich lange hierbleiben müssen?»
«In Mailand, meinen Sie? Nein, das glaube ich nicht, ich bin sicher, die Staatsanwaltschaft in Rom wird Ihre sofortige Verlegung beantragen. Ich habe die Aufgabe, Sie beim ersten Verhör durch den Staatsanwalt zu unterstützen. Haben Sie mir in dem Zusammenhang etwas zu sagen?»
«Was soll ich Ihnen sagen, Avvocato? Mit den Dokumenten, die meine Frau der Justiz geliefert hat, bin ich völlig am Arsch.»
«In der Tat. Vannuccini hat mir darum geraten, dass die einzige Verteidigungsstrategie darin besteht …»
«Avvocato, hören Sie, es gibt da noch etwas Wichtigeres.»
«Was?»
«Ich habe Grund zu der Annahme, dass meine Frau versucht hat, mich umzubringen.»
«Wie kommen Sie darauf? Wann?»
«Bei meinem Unfall vor zwei Wochen, Sie haben sicher davon gehört. Als ich auf der Rückfahrt von Grosseto nach Rom von einem großen Wagen absichtlich angefahren und von der Straße gedrängt wurde. Der Mann, der mich später aus dem Auto gezogen hat, behauptet, der Wagen hätte mich absichtlich gerammt.»
«Aber warum glauben Sie, dass Ihre Frau am Steuer saß? Haben Sie ihr Gesicht erkannt?»
«Nein. Bevor Giuditta mir mitgeteilt hat, dass die Anzeige bei der Gewerbeaufsicht und der Finanzpolizei auf sie zurückgeht, hätte ich nie im Traum daran gedacht, dass sie so etwas tun könnte. Aber jetzt, wo ich sehe, zu welchem Hass sie fähig ist, fange ich an, es ernsthaft zu erwägen.»

«Das ist aber zu wenig für eine Anzeige.»
«Dann kann ich gar nichts tun?»
»Nein, tut mir leid.»

«Danke, dass Sie gekommen sind, Signora Davoli.»
«Hätte ich mich diesem Verhör denn verweigern können?»
«Es handelt sich nicht um ein Verhör, sondern um ein zwangloses Gespräch. Wie Sie sehen, sitzen nur wir beide in diesem Zimmer, niemand nimmt ein Protokoll auf.»
«Worüber möchten Sie mit mir sprechen?»
«Ich komme sofort zum Thema.»
«Danke, ich habe nämlich wenig Zeit.»
«Avvocato Mirabella …»
«Woher wissen Sie, dass ich mich an ihn gewandt habe? Lassen Sie mich etwa verfolgen? Mit welchem Recht tun Sie das? In dieser Situation bin ich das Opfer, nicht …»
«Bitte, Signora, regen Sie sich nicht auf. Wir haben keinen Grund, Sie zu beschatten. Wo denken Sie hin?»
«Wie haben Sie dann herausgefunden, dass ich …»
«Wir haben unsere Mittel und Wege.»
«Aha.»
«Der Anwalt hat uns wissen lassen, dass Sie einen Privatdetektiv beauftragt haben, Ihren Mann zu beobachten.»
«Das stimmt. Ist das gesetzwidrig?»
«Keineswegs. Ich möchte Sie nur bitten, mir Namen, Adresse und Telefonnummer des Detektivs zu geben.»
«Luca Tedeschi, Via dei Prati Fiscali 1023, Telefon 0637352465.»
«Danke. Ich kenne ihn. Ein Profi.»
«Er wird Ihnen nur bestätigen, was ich auch schon dem Anwalt gesagt habe.»
«Nennen Sie mir bitte auch, falls Ihnen bekannt, Namen und Adresse der Geliebten Ihres Mannes?»
«Welche von seinen Geliebten?»
«Beginnen wir mit der in Rom.»
«Ester Marsili, achtundzwanzig, verheiratet mit dem Anwalt Stefano Marsili. Sie wohnen in der Via Nemorense 38.»

«Und die aus Grosseto?»
«Ich weiß nur, dass sie Gianna heißt. Der Nachname könnte Livolsi sein. Ich habe mal einen an meinen Mann adressierten Brief mit dem Absender Gianna Livolsi gesehen.»
«Eine Adresse gab es nicht?»
«Doch, der Brief kam aus Grosseto, aber die Adresse habe ich mir nicht gemerkt. Damals habe ich ja noch nicht angenommen, dass ...»
«Bestätigen Sie, dass der anonyme Brief mit den Informationen über die Baustelle an das Gewerbeaufsichtsamt von Ihnen stammt?»
«Ja.»
«Warum anonym?»
«Ganz einfach: weil ich ihm die gute Nachricht selbst überbringen wollte.»
«Sie waren einmal auf dieser Baustelle, meine ich.»
«Ich sehe, Sie sind gut informiert. Ja, Giulio hat mich einmal mitgenommen.»
«Mich würde interessieren, wie Sie darauf gekommen sind, dass es dort zahlreiche Verstöße gegen das Arbeitsschutzgesetz gab.»
«Wegen all der Unfälle am Arbeitsplatz, von denen in den Zeitungen und im Fernsehen ständig die Rede ist. Auf der Baustelle waren viele Maurer, die nicht aus der EU kamen, sie haben alle ohne Helm gearbeitet. Auf den Gerüsten gab es keine Schutzgitter. Mir genügte ein Blick, um das zu erkennen.»
«Kompliment. Und Sie waren nur einmal auf der Baustelle?»
«Nein, ich war vorher schon einmal dort. Aber damals bin ich im Auto geblieben, Giulio musste nur kurz eine Sache mit dem Bauleiter besprechen.»
«Gut, Signora, im Moment habe ich keine weiteren ...»

«Noch keine Neuigkeiten vom SUV?»
«Damit bin ich nicht befasst, aber ich habe mich erkundigt: nichts. An Ihrer Stelle würde ich die Angelegenheit abhaken.»
«Was meinen Sie damit?»
«Wissen Sie, wie viele Autos pro Tag gestohlen werden? Und wie wenige davon wiedergefunden werden? Gerade Autos wie Ihr SUV werden im Auftrag gestohlen und ins Ausland gebracht. Offen gestanden haben wir nicht genug Personal für derartige Delikte …»
«Ich verstehe. Ihrer Meinung nach ist es also möglich, dass der Dieb in diesem Moment mit dem gestohlenen SUV durch Rom fährt, ohne dass jemand etwas merkt?»
«Das ist sehr wahrscheinlich, Signora.»

– Signora Ester Marsili?
– Ja, das bin ich. Wer spricht dort?
– Hören Sie, Signora, ich frage in Ihrem eigenen Interesse: Können Sie in diesem Moment frei sprechen?
– Ich verstehe nicht.
– Es handelt sich um eine streng vertrauliche Angelegenheit, ich frage noch mal: Gibt es in Ihrer Nähe Menschen, die Sie hören könnten?
– Ich bin allein zu Hause. Aber wer spricht denn da?
– Ispettore Capo Bongioanni, Polizeipräsidium Rom.
– O Gott, was ist passiert?
– Bleiben Sie ruhig, bitte. Ich muss dringend mit Ihnen sprechen.
– Worüber?
– Über Ihre Beziehung zu Giulio Davoli.
– O mein Gott ... Wie haben Sie davon erfahren?
– Seine Ehefrau hat die Scheidung eingereicht. Und sie hat dabei Ihren Namen genannt, es tut mir leid.
– Ich werde gleich ohnmächtig ... warten Sie, ich gehe etwas Wasser trinken ... Da bin ich wieder. Wer weiß alles davon?
– Vorerst nur wenige. Und wir haben kein Interesse daran, dass Ihr Name öffentlich genannt wird. Also beruhigen Sie sich. Ich versichere Ihnen, unser Gespräch wird absolut vertraulich behandelt. Können Sie aufs Präsidium kommen?
– Lieber nicht.
– Dann komme ich zu Ihnen, wenn nur Sie im Haus sind?
– Können wir uns nicht irgendwo in einem Café treffen?
– Wie Sie wollen. Das ginge übermorgen um ...
– Ich fliege morgen Abend für ein paar Tage nach Mailand. Ginge es auch morgen Vormittag?

– Einverstanden. Wir sehen uns um zehn Uhr bei Rosati auf der Piazza del Popolo.
– Gut.

[...]

– Hallo?
– Wer ist da?
– Signora Gianna Livolsi?
– Ja, das bin ich.
– Hier spricht Ispettore Capo Bongioanni, Polizeipräsidium Rom.
– Ich verstehe.
– Was?
– Warum Sie mich anrufen.
– Mal sehen, ob Sie richtig raten.
– Es geht um etwas, was Giulio Davoli betrifft.
– Stimmt.
– Was habe ich gewonnen?
– Die Möglichkeit, mit mir zu sprechen.
– Am Telefon?
– Wenn Sie es vorziehen.
– Ja, das ist mir lieber. Es sei denn, Sie wollen nach Grosseto kommen. Ich habe nämlich nicht die geringste Lust, nach Rom zu fahren.
– Ich habe nur ein paar Fragen an Sie. Wussten Sie, dass Davoli einen schweren Verkehrsunfall hatte?
– Live miterlebt. Ich sprach am Telefon mit ihm, während es passierte. Er hatte mich angerufen.
– Darf ich erfahren, was er wollte?
– Ich hatte ihm in einer SMS geschrieben, dass ich mir ein baldiges Wiedersehen wünsche, und er ...

– Verstehe. Aber nach dem Unfall wollten Sie nicht wissen, wie es um ihn stand?
– Ein Cousin von mir arbeitet just in dem Krankenhaus, in dem er lag. Ich habe nicht angerufen, weil ich wusste, dass seine schreckliche Ehefrau förmlich an seinem Bett klebte …
– Und danach hatten Sie keine Gelegenheit mehr, Kontakt mit ihm aufzunehmen?
– Das war dann nicht mehr nötig.
– Warum nicht?
– Lieber Commissario, wie heißt es so schön? Aus den Augen, aus dem Sinn.
– Aha.
– Was wollen Sie noch wissen?
– Haben Sie von der Verhaftung erfahren?
– Ja, man hat's mir erzählt. Ich hatte so etwas erwartet.
– Warum?
– Giulio prahlte öffentlich mit seinen, sagen wir, finanziellen und außerehelichen Ausschweifungen. Er machte aus seiner Verachtung für Regeln und Gesetze keinen Hehl … und er war alles andere als diskret. Außerdem …
– Ja?
– Mit so einer Ehefrau, besitzergreifend, eifersüchtig, musste es früher oder später …
– Ich hätte noch eine Frage.
– In zehn Minuten muss ich aus dem Haus.
– Das genügt mir. Haben Sie nach Davolis Unfall Drohungen erhalten?
– Ja. Eine.
– In welcher Form?
– Telefonisch.
– Wann?

– Ich erinnere mich nicht mehr. Eines Nachmittags, gegen sechs.
– Erzählen Sie mir die Einzelheiten.
– Ich habe abgenommen, und eine Frauenstimme – sie wirkte erkältet, war aber sicher verstellt – fragt, ob ich Gianna Livolsi bin. Ich sage ja, dann sagt die Frau, dass sie mich das teuer bezahlen lassen wird. Ich frage, was ich teuer bezahlen muss, aber da legt sie einfach auf. Ich bin sicher, es war dieses Miststück Giuditta Davoli.
– Konnten Sie hören, ob der Anruf von einem Festnetztelefon oder vom Handy kam?
– Nein.
– Haben Sie Anzeige erstattet?
– Machen Sie Witze?

[…]

– Signora Ester Marsili?
– Wer ist am Apparat?
– Noch einmal ich, Bongioanni. Ich habe vorhin angerufen, erinnern Sie sich?
– O Gott, was gibt es jetzt noch? Mein Mann kommt gleich nach Hause!
– Nur eine Frage.
– Beeilen Sie sich bitte!
– Wurden Sie je bedroht?
– Ich verstehe nicht recht.
– Ich frage Sie, ob jemand Sie angerufen oder angeschrieben und Ihnen mit Erpressung gedroht hat.
– Aber warum denn? Bitte sagen Sie schnell, um Himmels willen!
– Wegen Ihres Verhältnisses mit Giulio Davoli.

– Ich habe keine Drohung erhalten.
– Signora, verbergen Sie etwas vor mir?
– Warum sollte ich Ihnen etwas verheimlichen?
– Weil es merkwürdig ist!
– Hören Sie, können wir nicht wie verabredet morgen Vormittag sprechen? Mein Mann öffnet gerade die Tür.
– In Ordnung.

«Ciao Ester.»
«Ciao Stefano.»
«Meine Güte, bist du blass!»
«Mir geht es nicht gut. Ich wäre eben fast ohnmächtig geworden.»
«Soll ich einen Arzt rufen?»
«Nein, das geht schon wieder vorbei.»
«Sag ehrlich, wenn du lieber hierbleiben willst. Dann canceln wir deinen Flug nach Mailand, das ist kein Problem.»
«Nein, ich möchte unbedingt hin. Ich brauche dringend einen Tapetenwechsel.»
«Ich glaube auch, dass es dir guttun wird. Ich gehe dann morgen etwas früher aus dem Büro, hole dich zu Hause ab und fahre dich zum Flughafen. Das Flugzeug geht um Viertel vor neun. Es genügt, wenn wir um acht da sind.»
«Aber ich kann doch auch ein Taxi nehmen!»
«Nein, ich möchte dich hinbringen.»
«Wie du willst. Sag mal, haben wir noch Tavor im Haus?»
«Ich glaube, das ist aufgebraucht. Wieso? Hast du Angst, dass du heute Nacht nicht schlafen kannst?»
«Nein, aber falls ich nicht einschlafen kann, ist es ganz nützlich, das Zeug griffbereit zu haben.»
«Ich gehe los und besorge es dir. Die geben mir das in der Apotheke auch ohne Rezept. Was gibt's heute zum Abendessen?»

acht

«Danke, dass Sie gekommen sind, Signora Marsili.»
«Hoffentlich kommt jetzt nicht irgendein Freund von meinem Mann herein ...»
«Ist Ihr Mann eifersüchtig?»
«Nicht so sehr ... aber es reicht. Allein die Vorstellung, er könnte es erfahren, macht mir furchtbare Angst.»
«Wir werden unser Möglichstes tun, Signora ... Aber Sie verstehen, sobald das Scheidungsverfahren läuft, wird sich schwerlich vermeiden lassen, dass Ihr Name fällt. Signora Davoli begründet ihren Scheidungsantrag vor allem mit der Untreue ihres Mannes.»
«Ich glaube, mir wird schlecht.»
«Um Himmels willen, werden Sie jetzt bitte nicht vor allen Leuten ohnmächtig.»
«Keine Angst. Ich habe mich im Griff. Fragen Sie, Ispettore.»
«Hat Davoli mit Ihnen über seine Frau gesprochen?»
«Und ob!»
«Was hat er gesagt?»
«Dass sie unmöglich war, krankhaft eifersüchtig, habgierig ... Ich hatte den Eindruck, dass er Angst vor ihr hatte.»
«Wie ist das zu verstehen?»
«Giulio sagte oft, Giuditta wäre imstande, ihn umzubringen.»
«War das nur so dahergesagt?»

«Nein. Er war sich sicher. Und tatsächlich …»
«Was?»
«Nun, auch wenn sie ihn nicht umgebracht hat: Ruiniert hat sie ihn jedenfalls.»
«Da sie seit längerem von Ihrem Verhältnis wusste …»
«Sie wusste es?»
«Natürlich. Sie hat Ihnen einen Privatdetektiv auf den Hals geschickt.»
«Dann war sie das!»
«Was?»
«Der Detektiv. Ich dachte, den hätte mein Mann engagiert.»
«Da irren Sie.»
«Aber wenn sie es schon länger wusste, warum hat es dann so lange gedauert, bis sie Rache geübt hat?»
«Das kann ich Ihnen unmöglich erzählen.»
«Ich bitte Sie, schonen Sie mich nicht. Sagen Sie mir alles, was Sie wissen.»
«Versprechen Sie mir, sich zu beherrschen?»
«Versprochen.»
«Die Signora hat entdeckt, dass ihr Mann, während er ein Verhältnis mit Ihnen hatte, auch eine Beziehung zu einer anderen Frau unterhielt. Der Tropfen hat das Fass zum Überlaufen gebracht.»
«Sind Sie sicher?»
«Ganz sicher.»
«Dieser Dreckskerl.»
«Sprechen Sie bitte leiser.»
«Verfluchtes Arschloch.»
«Signora!»
«Was für ein Stück Scheiße.»
«Signora, man schaut zu uns herüber.»
«Ist mir scheißegal! Das Schwein! Dieser Hurensohn!»

«Kommen Sie, lassen Sie uns gehen. Wir sprechen in meinem Auto weiter.»

«Und ich? Wissen Sie, dass ich nachts vor Kummer und Sorgen nicht schlafen konnte, als er im Krankenhaus lag? Und dass ich mich jetzt kaum noch auf den Beinen halten kann, weil ich weiß, dass er im Gefängnis sitzt? Diese Kanaille! Dieser niederträchtige Schurke! Von mir aus kann er jetzt im Gefängnis verfaulen! Krepieren soll er! Dieser Scheißkerl! Mein Gott, wie dumm ich war! Was habe ich denn getan, dass ich so einen … so einen … so einen …»

«Möchten Sie ein Taschentuch?»

«Danke, nein. Lassen Sie mich einfach ein bisschen weinen.»

«Dürfte ich Sie noch etwas fragen: Sind Sie sicher, dass Sie von Signora Davoli nie bedroht wurden?»

«Wenn es der Fall gewesen wäre, würde ich es Ihnen sagen.»

«Finden Sie das nicht seltsam?»

«Vielleicht ist sie nur auf ihren Mann wütend.»

«O nein. Denn der anderen Frau hat sie offenbar bei einem anonymen Anruf gedroht.»

«Erwähnen Sie die andere nicht! Dieser verfluchte Hurensohn! Mistkerl! Soll er im Gefängnis verrecken!»

– Hallo, bist du das, Maria?
– Ich habe mit einem Anwalt gesprochen, wie du es dir gewünscht hast. Er weiß, in welchem Gefängnis Giulio sitzt, aber …
– Ich will nichts mehr von Giulio hören.
– Was ist denn mit dir los?
– Es ist los, dass dieser beschissene Dreckskerl fröhlich mit einer anderen gevögelt hat, obwohl er mit mir zusammen war!
– Wie hast du das erfahren?
– Das hat mir ein Kommissar von der Polizei erzählt.
– Ein Kommissar? Was wollte er von dir?
– Er wollte wissen, ob Giuditta mich bedroht hat. Weil sie das bei der anderen offenbar gemacht hat.
– Mehr nicht?
– Mehr nicht.
– Und was hast du gesagt?
– Dass sie mich nicht bedroht hat.
– Wenn ich jetzt drüber nachdenke, wäre ich da an deiner Stelle nicht so sicher.
– Wieso das denn? Ich habe doch nie einen Anruf oder einen Brief bekommen …
– Das meine ich nicht. Ich denke an das, was du mir erzählt hast, als ich in Rom war.
– Ich erinnere mich nicht.
– Hast du mir nicht erzählt, dass du dir eines Abends, als du aus der Wohnung im Borgo Pio gekommen bist, fast den Hals gebrochen hättest, weil die Treppenstufen voller Seife waren?
– Aber da habe ich gedacht, die Portiersfrau hätte einfach vergessen, trocken zu wischen.
– Ja. Bloß wenn man bedenkt, was der Kommissar dir jetzt

gesagt hat ... Ich würde ihn noch mal anrufen und ihm von diesem Vorfall erzählen. Du kannst ihm ja sagen, dass es dir jetzt erst wieder eingefallen ist.
– Na gut, ich rufe ihn gleich an.
– Und, wie sind deine Pläne? Kommst du trotzdem nach Mailand?
– Natürlich komme ich. Heute Abend um zehn sehen wir uns am Flughafen.

«Dottore, entschuldigen Sie bitte, wenn ich störe.»
«Was gibt's, Bongioanni?»
«Es geht immer noch um die Sache mit Signora Davoli.»
«Du weißt, dass du dich ganz schön in was verbohren kannst, mein Junge?»
«Dottore, mal abgesehen von dem, was sie ihrem Mann eingebrockt hat, und abgesehen von dem Telefonat, mit dem sie die Livolsi bedroht hat …»
«Du kannst nicht beweisen, dass sie es war.»
«Ja, gut, ich kann's nicht beweisen, aber jetzt gibt es noch eine weitere Information. Ester Marsili hat mich noch mal angerufen. Ihr ist etwas eingefallen.»
«Und das wäre?»
«Eines Abends, als sie aus der Wohnung kam, in der sie sich mit Davoli traf, hätte sie sich auf den Treppenstufen fast das Genick gebrochen. Sie waren voller Seife.»
«Na und? Die Putzfrauen haben wahrscheinlich nicht sorgfältig gearbeitet. Das sind doch alles Migrantinnen, weiß der Henker, wie die in ihren Heimatländern die Treppen putzen!»
«Nein, hören Sie, es war halb acht Uhr abends. Das ist keine Uhrzeit zum Treppenputzen.»
«Aber Davoli hätte genauso ausrutschen können, wenn er vor seiner Geliebten aus der Wohnung gegangen wäre.»
«Ester Marsili verließ laut ihrer Vereinbarung immer als Erste die Wohnung. Und der Detektiv, den Davolis Ehefrau engagiert hatte, wird ihr das berichtet haben.»
«Na gut, aber was willst du eigentlich?»
«Dottore, diese Frau gibt sich noch nicht zufrieden mit dem Schaden, den sie angerichtet hat. Meiner Meinung nach wird sie als Nächstes versuchen, sich an Ester Marsili zu rächen.»
«Sagst du mir endlich, worauf du hinauswillst?»
«Wäre es möglich, die Davoli überwachen zu lassen …?»

«Du hast ja wohl einen an der Klatsche! Bei unserem Personalmangel! Mach's doch selbst, wenn du unbedingt willst, aber außerhalb der Dienstzeiten.»

«Dottore, Ester Marsili fliegt in ein paar Stunden nach Mailand und kommt am Dienstag zurück. Vorerst droht ihr also noch keine Gefahr. Können wir vielleicht am Dienstag noch mal drüber sprechen?»

«Gut, reden wir am Dienstag.»

«… die beklagten Parteien kommen demnach überein …
Antonia, haben Sie meine Brille gesehen?»
«Nein, Avvocato.»
«Ob ich sie zu Hause gelassen habe? Antonia, bitte rufen Sie doch meine Frau an und fragen Sie sie, ob ich vergessen habe, meine Brille mitzunehmen.»
«Sofort, Avvocato.»

[…]

– Signora Marsili?
– Ja?
– Signora, ich bin's, Antonia.
– Was gibt es?
– Würden Sie bitte nachsehen, ob der Avvocato seine Brille zu Hause vergessen hat?
– Ja, sie liegt im Bad.
– Vielen Dank, Signora.

[…]

«Die Signora sagt, dass Sie Ihre Brille zu Hause liegengelassen haben. Soll ich sie holen? In einer Stunde wäre ich wieder zurück.»
«Wie viel Uhr ist es denn jetzt?»
«Fast sechs.»
«Nein, vielen Dank, das lohnt sich nicht mehr. Ich muss sowieso bald nach Hause, um Ester zum Flughafen zu fahren. Wo waren wir stehengeblieben?»
«… die beklagten Parteien kommen demnach überein …»

[…]

– Klinik Santa Rita. Sie wünschen?
– Hier spricht Avvocato Stefano Marsili. Bitte sagen Sie mir, ob meine Frau Ester Marsili in den letzten Stunden bei Ihnen eingeliefert wurde.
– Einen Moment bitte. Nein, bei uns ist sie nicht.

[…]

– Hallo? Ist dort das Krankenhaus San Martino?
– Ja.
– Ist in den letzten Stunden eine Signora Ester Marsili bei Ihnen eingeliefert worden? Ich bin ihr Mann, Stefano Marsili.
– Einen Moment, ich sehe nach. Nein, ich kann den Namen nicht finden.

[…]

– Hallo? American Hospital? Hier spricht Avvocato Marsili. Ich möchte wissen, ob Signora Ester Marsili, meine Frau, am heutigen Abend bei Ihnen eingeliefert wurde.
– Wie war der Nachname?
– Marsili.
– Wir haben eine Signora Marsoli.
– Vielleicht wurde der Name falsch geschrieben. Wie heißt sie mit Vornamen?
– Eilen.
– Wie alt ist sie?
– Siebzig.
– Nein, das ist sie nicht, bitte entschuldigen Sie die Störung.

[…]

– Hallo? Spreche ich mit Ispettore Capo Bongioanni?
– Ja. Wer ist da?
– Ich bin Avvocato Stefano Marsili.
– Aha, worum geht es?
– Ich habe Ihre Visitenkarte in der Brieftasche meiner Frau Ester gefunden.
– Ja, ich habe sie ihr gegeben, weil …
– Ist sie zufällig bei Ihnen?
– Wer?
– Ester.
– Nein. Warum glauben Sie, Ihre Frau könnte hier auf dem Präsidium sein?
– Ich weiß nicht, es war nur ein Versuch.
– Bitte erklären Sie mir das genauer.
– Ester ist verschwunden. Ich habe alle Krankenhäuser und Kliniken angerufen … nichts. Ich bin verrückt vor Sorge.
– Sind Sie zu Hause?
– Ja.
– Bleiben Sie dort. Ich komme sofort.

«Erzählen Sie mir alles in Ruhe, Avvocato.»
«Wir hatten vereinbart, dass ich gegen sieben nach Hause komme, um sie dann zum Flughafen zu fahren. Um Viertel nach sieben war ich da, aber sie war nicht zu Hause. Sie wird noch etwas einkaufen, habe ich mir gedacht, und bald zurückkommen. Dann habe ich bemerkt, dass ihre Brieftasche, ihr Handy und das Flugticket auf dem Tisch lagen. Ihr fertig gepackter Koffer stand im Flur. Als sie nach einer halben Stunde immer noch nicht zurück war, habe ich angefangen, mir Sorgen zu machen.»
«Was haben Sie dann getan?»
«Ich habe mit dem Auto die Straßen hier in der Umgebung abgefahren ... Währenddessen habe ich Freunde angerufen. Niemand hatte sie gesehen. Also bin ich zurück und habe alle Krankenhäuser in Rom abtelefoniert. Dann ist mir eingefallen, dass ich in ihrer Brieftasche suchen könnte, und da habe ich Ihre Visitenkarte gefunden ...»
«Wann haben Sie Ihre Frau zuletzt gesehen?»
«Wir haben zusammen Mittag gegessen, und um halb vier bin ich wieder ins Büro gefahren.»
«Und seitdem ...»
«Nein, warten Sie. Um sechs hat sie mit meiner Sekretärin gesprochen.»
«Hatte Ihre Frau angerufen?»
«Nein, ich habe sie anrufen lassen, weil ich wissen wollte, ob ich meine Brille zu Hause vergessen hatte.»
«Dann ist die Signora also zwischen sechs und Viertel nach sieben verschwunden.»
«So scheint es.»
«Haben Sie eine Idee, was passiert sein könnte?»
«Sicher hat irgendjemand geklingelt, den sie kennt. Und Ester ist nach unten gegangen. Sie hatte Hausschuhe an, denn ihre

Schuhe stehen noch neben dem Bett. Sie muss also gedacht haben, dass sie ein paar Minuten später wieder zurück ist.»
«Und diese Person hat sie vielleicht in ihr Auto steigen lassen, um ungestört reden zu können.»
«So kann es gewesen sein.»
«Sind Sie reich, Avvocato?»
«Nicht so reich, dass ich ein Lösegeld bezahlen könnte, falls Sie an eine Entführung denken.»
«Sie schließen aus, dass Ihre Frau freiwillig weggefahren ist?»
«Kategorisch.»
«Hören Sie, Avvocato, bitte nehmen Sie mir es nicht übel, wenn …»
«Auch das schließe ich aus.»
«Ich habe meinen Satz noch nicht beendet.»
«Ich verstehe, worauf Sie hinauswollen. Nein, Ester hat keinen Geliebten. Das passt nicht zum Charakter meiner Frau. Dafür lege ich meine Hand ins Feuer.»
«Na gut, lassen wir das.»
«Ich hätte aber eine andere Vermutung.»
«Welche?»
«Der tragische Tod des Ehemanns ihrer besten Freundin vor wenigen Tagen hat sie tief erschüttert. Es war offensichtlich, dass es Ester seitdem nicht gut ging. Sie war blass, angegriffen, hatte kaum Appetit, litt an Schlaflosigkeit. Darum hatte ich ihr geraten, sich abzulenken und zu ihrer Freundin nach Mailand zu fahren. Ach du liebe Zeit! Ich habe ja ganz vergessen, Maria zu benachrichtigen, sie wartet am Flughafen Malpensa auf Ester!»
«Sprechen Sie weiter.»
«Ich würde eine Art Blackout nicht ausschließen. Eine Amnesie. So etwas passiert.»
«Da haben Sie recht.»

«Mag sein, dass sie aus irgendeinem Grund auf die Straße gelaufen ist und dann nicht mehr fähig war, zurück ins Haus zu gehen.»
«Sie haben mir doch eben gesagt, Sie hätten die Umgebung mehrmals abgefahren ...»
«Ja, das stimmt, aber vielleicht hat sie den Bus genommen oder ein Auto angehalten, um mitgenommen zu werden, wer weiß? Das Problem ist, dass sie ihre Brieftasche mit allen Ausweispapieren zu Hause gelassen hat. Wenn sie sich nicht erinnert, wie sie heißt ...»
«Was werden Sie jetzt tun?»
«Hierbleiben und auf einen Anruf warten.»
«Gut. Ich hoffe, sie kommt zurück. Andernfalls kommen Sie bitte morgen mit einem Foto der Signora aufs Präsidium und erstatten eine Vermisstenanzeige, damit wir auch aktiv werden können.»
«Das werde ich tun.»

– Hallo? Ist da die Feuerwehr?
– Ja. Wer sind Sie?
– Ich heiße Adelmo Trentin, ich fahre einen Lastwagen und komme aus Genua mit Ziel Rom.
– Was gibt es?
– Im Vorbeifahren habe ich am Rand der Böschung ein Auto liegen sehen. Ich habe gehalten, um nachzuschauen. Es war ein SUV. Am Steuer war eine Frau.
– Ist sie tot?
– Ich würde sagen, ja.
– Warum rufen Sie dann die Feuerwehr an?
– Weil mir die Feuerwehr als Erstes eingefallen ist.
– In Ordnung, wir informieren die zuständige Stelle. Wo genau stehen Sie?
– Auf der Aurelia, Kilometer 123.
– Bleiben Sie dort und warten Sie, bis …
– Einen Scheiß warte ich! Ich habe schon viel zu viel Zeit verloren.

neun

Il Messaggero

RÄTSELHAFTER AUTOUNFALL MIT TODESFOLGE

21. Januar 2008 Gestern Abend entdeckte ein LKW-Fahrer auf der Aurelia, bei Kilometer 123, an der Böschung einen SUV mit dem Kennzeichen BS4389YZ und meldete den Unfall sofort. Aus den Trümmern des Wagens wurde die Leiche einer unbekannten Frau gezogen, die am Steuer gesessen hatte. Die Tote wurde von Avvocato Stefano Marsili, wohnhaft in Rom, im Leichenschauhaus identifiziert. Marsili hatte am Abend zuvor das Verschwinden seiner Frau gemeldet. Leider handelt es sich tatsächlich um seine Ehefrau, Ester Marsili, geboren in Viterbo, 28 Jahre alt. Signor Marsili sagte, seine Frau habe am selben Abend den Flug um 20.45 nach Mailand nehmen wollen. Er gab außerdem an, dass weder er noch seine Frau je ein Auto dieser Art besessen hätten und dass er sich absolut nicht erklären könne, was seine Frau mit dem Wagen vorhatte und warum sie sich auf der Via Aurelia befand.

Wir erinnern unsere Leser daran, dass es in der Nacht vom 7. auf den 8. Januar an derselben Stelle zu einem schweren Autounfall kam, bei dem der bekannte Bauunternehmer Giulio Davoli verletzt wurde. Der jetzige Vorfall weist viele rätselhafte Aspekte auf, die sicher noch zu aufsehenerregenden Entwicklungen führen werden. Natürlich werden wir unsere Leser darüber auf dem Laufenden halten.

«Guten Tag, Dottore.»
«Bongioanni, lass uns sofort eine Abmachung treffen. Erst rede ich, dann redest du. Einverstanden?»
«Einverstanden, Dottore.»
«Also, die ‹Abteilung Autodiebstähle› hat uns mitgeteilt, dass es der SUV war, der Davoli gehörte und der am Tag nach Davolis Einlieferung ins Krankenhaus gestohlen wurde. Seine Frau hatte den Diebstahl noch am selben Tag angezeigt. Bis hierher einverstanden?»
«Einverstanden.»
«Vor kurzem hat die Spurensicherung mich informiert, dass dieser SUV derselbe sein könnte, der Davolis Panda gerammt hat. Es gibt Lackreste, die nach einer ersten Untersuchung von dem Panda stammen können. Verrätst du mir, warum du gar nicht erstaunt bist, Bongioà?»
«Ich hatte so etwas kommen sehen, Dottore.»
«Oha, wie tüchtig!»
«In aller Bescheidenheit.»
«Und weißt du auch, wo der SUV gefunden wurde?»
«Bei Kilometer 123 der Via Aurelia.»
«Was für ein formidables Gedächtnis, Bongioà! Weißt du, dass ich dich darum beneide? Erinnerst du dich vielleicht auch, was sich zwei Kilometer weiter befindet?»
«Eine Baustelle von Davoli. Die das Aufsichtsamt aufgrund der Anzeige der Ehefrau schließen ließ.»
«Bravissimo! Und versuch noch einmal, dich zu konzentrieren: Wo wurde Davoli angefahren?»
«Ebenfalls bei Kilometer 123.»
«Jetzt frage ich mich: Was gibt's da wohl so Schönes, an diesem Kilometer 123? Und diese Frage habe ich mir beantwortet, natürlich nur mit meinen bescheidenen Möglichkeiten. Möchtest du wissen, wie die Sache sich abgespielt hat?»

«Selbstverständlich.»
«Willst du das nicht aufschreiben?»
«Sie selbst sagten, dass ich ein gutes Gedächtnis habe.»
«Hast du zufällig daran gedacht, dass dieses arme Mädchen Ester Marsili die Geliebte von Davoli war?»
«Das war mir immer gegenwärtig, Dottore.»
«Aber nicht genug, um zwei und zwei zusammenzuzählen.»
«Ich verstehe nicht.»
«Du überraschst mich, Bongioà! Bei deiner überragenden Intelligenz! Na gut, ich erkläre es dir. Also: Die Marsili erfährt – ich weiß nicht wie, das werden wir noch herausfinden –, dass Davoli eine andere Frau in Grosseto hat. Eine gewisse Gianna Livolsi. Rasend vor Eifersucht, denn sie ist wirklich in Davoli verliebt, beschließt sie an dem Nachmittag, an dem Davoli ihr sagt, er müsse nach Grosseto fahren, sich zu rächen. Sie weiß, dass Davoli den Panda seiner Frau nehmen und den SUV in der Nähe seiner Wohnung lassen wird, denn vermutlich hat Davoli selbst es der Marsili gesagt. Jetzt entwirft sie einen genialen Plan. Kannst du mir folgen?»
«Schritt für Schritt.»
«Sie stiehlt den SUV und ... warum hebst du den Finger? Musst du aufs Klo?»
«Nein, Dottore, ich wollte nur zu bedenken geben, dass es für eine Frau nicht leicht ist, ein Auto zu knacken.»
«Und wenn sie eine Kopie des Zündschlüssels hat?»
«Sie hat eine Kopie machen lassen?»
«Unsinn! Kannst du dir nicht vorstellen, wie oft sie in diesem SUV gefahren ist? Wahrscheinlich fuhren die beiden damit gelegentlich zum Vögeln. Möglich, dass Davoli selbst ihr die Schlüssel gegeben hat. Hatten wir nicht außerdem beschlossen, dass erst ich rede? Was soll der Scheiß, warum unterbrichst du mich?»

«Bitte entschuldigen Sie, Dottore.»
«Wo war ich stehengeblieben? Ach ja, sie klaut also den SUV, fährt auf die Aurelia und postiert sich in der Nähe der Baustelle. Davoli hat sie garantiert mal dorthin mitgenommen. Und sie wird die Böschung gesehen haben. Um es kurz zu machen, sie wartet, dass der Panda auf der Rückfahrt vorbeifährt, und rammt ihn. Dann verschafft sie sich ein Alibi, indem sie verzweifelte Nachrichten an Davoli schickt und so tut, als wüsste sie nicht, was passiert ist. Sie ruft sogar seine Frau an! Aber so, wie ich es sehe, handelt es sich nicht nur um ein Alibi.»
«Nicht?»
«Was weißt du über die Liebe, Bongioà?»
«Das, was alle darüber wissen.»
«Also nichts. Gleich nachdem sie den Unfall provoziert hat, der tödlich hätte enden können, bereut unsere Ester und erkennt, dass sie Davoli sogar mehr liebt als vorher. Die Reue wird noch größer, als Signora Davoli in ihrer Wut auf ihren Mann die Sau rauslässt. Ester nimmt die Schuld an allem auf sich. Esters Mann, der Anwalt, hat dir erzählt, dass sie nicht mehr schlief, nicht mehr aß. Und die bittere Reue hat so lange an ihr genagt, bis sie nicht mehr konnte. Sie hat den SUV herausgeholt, den sie irgendwo versteckt hatte, und ist losgefahren, um sich umzubringen.»
«Darf ich, Dottore? Als ich Ester Marsili bei Rosati getroffen habe, erschien sie mir gar nicht so reumütig, wie Sie vermuten. Wenn Sie wüssten, wie sie über Davoli geschimpft hat!»
«Die hat doch nur Theater gespielt, Bongioà! Sie war nicht so dumm, dir zu sagen, dass sie von dem Verhältnis mit der Frau in Grosseto wusste.»
«Aber warum nimmt sie dann den SUV, fährt bis Kilometer 123 und …»

«Das ist eine Botschaft, Bongioà!»
«An wen?»
«Wieso an wen? An mich zum Beispiel! An dich nicht, bei dir ist sie nicht angekommen, oder wenn sie angekommen ist, konntest du sie nicht lesen.»
«Und was sagt diese Botschaft?»
«Sie sagt: ‹Hier habe ich die Sünde begangen, und hier büße ich dafür›! Es ist, als hätte sie ihre Unterschrift daruntergesetzt! Warum begreifst du das nicht? Bongioà, wenn du so ein Gesicht machst, möchte ich dich am liebsten ohrfeigen!»
«Entschuldigung, Dottore, das kommt mir so, ich kann nichts dagegen machen.»
«Nun sag schon, was du denkst.»
«Warum Davolis SUV nehmen, um Davoli zu rammen? Sie hätte ihr eigenes Auto nehmen können, es ist ein großer Wagen, ich habe mich informiert. Sie benutzte wirklich den SUV und versteckte ihn dann?»
«Bongioà, bist du so dumm, oder tust du nur so? Wenn man ihr eigenes Auto gefunden hätte, wäre ihr Verhältnis mit Davoli unvermeidlich ans Licht gekommen! So aber wurde der SUV gefunden, und kein Mensch hat je an sie gedacht. Ich sagte dir doch, es ist ein genialer Plan! Wir hätten höchstens Davolis Frau verdächtigt. Und in dem Fall wäre das die Rache unserer Ester an ihrer Konkurrentin gewesen, denn hast du mir nicht selbst gesagt, dass die Davoli eine Falle gestellt hat, damit Ester sich das Genick bricht? Was ist los? Bist du plötzlich verstummt?»
«Was soll ich tun?»
«Mehr kannst du mir nicht sagen? Du machst mir keine Freude, Bongioà. Los, geh mir die Beweise suchen. Und zwar schnell.»

«Avvocato, ich verstehe, dass meine Anwesenheit in einem für Sie so schmerzlichen Moment …»
«Sie tun nur Ihre Pflicht, Ispettore. Aber glauben Sie mir, ich bin wie betäubt. Das ist ein furchtbarer Schlag.»
«Ich verstehe Sie sehr gut.»
«Haben Sie etwas herausgefunden?»
«Ja. Aber …»
«Was aber?»
«Was ich Ihnen sagen muss, wird nicht angenehm für Sie sein. Ich bitte Sie, seien Sie jetzt stark, Avvocato.»
«Mir ist sowieso alles egal. Sprechen Sie.»
«Wir haben leider entdeckt, dass Ihre Frau seit längerer Zeit ein Verhältnis mit einem anderen Mann hatte, einem gewissen Giulio Davoli, ein Bauunternehmer. Kennen Sie ihn?»
«Nein.»
«Sind Sie denn gar nicht überrascht? Neulich haben Sie doch noch kategorisch ausgeschlossen, dass …»
«Ich weiß. Doch ich habe in den letzten Stunden sehr intensiv über Ester nachgedacht, und mir sind unglücklicherweise ein paar Dinge klar geworden.»
«Welche?»
«Anrufe, bei denen ich nicht zuhören durfte, sie war sehr kurz angebunden; merkwürdige Verabredungen; unglaubwürdige Erklärungen … Ich habe dem kein großes Gewicht beigemessen, war ich doch damals felsenfest überzeugt, dass Ester nie und nimmer so etwas tun würde. Doch etwas würde ich gerne wissen. Traf sie sich mit ihrem Geliebten im Borgo Pio?»
«Ja.»
«Aha! Mir war doch, als hätte ich sie dort einmal gesehen! Aber sie hat es abgestritten. Und ich habe ihr geglaubt.»
«Der SUV, in dem Ihre Frau gefunden wurde, gehörte Davoli. Seine Frau hatte den Diebstahl des Wagens angezeigt.»

«Aber entschuldigen Sie: Wenn er gestohlen wurde, warum fuhr Ester dann das Auto? Es sei denn, sie selbst ...»
«Das ist tatsächlich unser Problem. Wir können es uns nicht erklären. Haben Sie eine Garage, Avvocato?»
«Ja. Darin stehen unsere beiden Autos.»
«Weitere Autos haben Sie nicht?»
«Nein.»
«Besitzen Sie Immobilien außerhalb Roms?»
«Ein Haus auf dem Land mit einem kleinen Grundstück, es gehörte Esters Vater, in Viterbo. Dort wohnt ihr Cousin.»
«Mehr nicht?»
«Doch, eine kleine Villa in Fregene. Wir fahren manchmal am Wochenende hin, allerdings nicht während der Feriensaison. Im letzten Monat sind wir aber nicht dort gewesen.»
«Gibt es da eine Garage?»
«Ja ... Halten Sie es für möglich, dass Ester das Auto dort geparkt hat?»
«Es ist alles möglich.»
«Aber was wollte sie damit?»
«Das ist eine lange Geschichte ... wir fügen derzeit noch die Einzelteile zusammen ... Aber ich werde Ihnen alles berichten, wenn das Bild vollständig ist.»
«Hoffentlich.»
«Etwas muss ich Sie noch fragen.»
«Bitte.»
«Wo waren Sie in der Nacht vom siebten auf den achten Januar?»
«Ich? Warum fragen Sie das?»
«Antworten Sie bitte.»
«Hm, so ad hoc kann ich nicht ... darf ich kurz in meinem Terminkalender nachsehen?»
«Bitte sehr.»

«Aha, ich sehe gerade, ich war in Neapel.»
«Sind Sie abends noch zurückgekommen?»
«Nein. Ich bin erst am nächsten Morgen sehr früh in Rom eingetroffen.»
«Also haben Sie nicht zu Hause geschlafen?»
«Ich habe Ihnen doch gerade gesagt ...»
«Haben Sie an dem Abend mit Ihrer Frau gesprochen?»
«Wenn ich unterwegs bin, rufe ich sie immer vor dem Abendessen an.»
«Auf dem Festnetztelefon oder auf dem Handy?»
«Mal so, mal so.»
«Sie erinnern sich nicht, ob Ihre Frau von außerhalb sprach?»
«Nein.»
«Bitte strengen Sie Ihr Gedächtnis an.»
«Ist das wichtig?»
«In gewisser Weise schon.»
«Wenn ich nicht irre, hat sie gesagt, sie würde ins Kino gehen. Gewöhnlich geht sie nie allein, sondern in Begleitung einer entfernten Cousine, Valentina De Feo. Wenn Sie möchten, rufe ich sie an und ...»
«Sie würden mir wirklich einen großen Gefallen tun. Wenn Sie bitte so freundlich wären, den Lautsprecher anzustellen ...»

– Hallo, Valentina? Hier ist Stefano.
– Stefano, mein Guter! Wie geht es dir? Bist du allein? Brauchst du etwas? Soll ich zu dir kommen? Egal, was es ist, Stefano, bitte mach dir in dieser Situation keine Umstände …
– Ich danke dir, Valentina. Ich weiß, dass du für mich da bist. Ich brauche eine Information, die Polizei fragt mich danach, keine Ahnung, warum.
– Worum geht es?
– Am Abend des siebten Januar, als ich in Neapel war, du und Ester, seid ihr da zufällig ins Kino gegangen?
– Am Siebten, sagst du?
– Ja.
– Ach ja, also den Siebten kann ich ausschließen. Das weiß ich genau. Da war ich bei den Galluppi eingeladen, sie haben das Examen ihres Sohnes gefeiert, und ich hätte Ester gerne mitgenommen, aber sie wollte nicht.
– Hat sie dir gesagt, warum sie nicht mitkommen wollte?
– Sie hatte Kopfschmerzen. Aber ich glaube, das war ein Vorwand, die Galluppi sind ihr nicht besonders sympathisch.
– Ich danke dir.
– Heute Abend komme ich vorbei. Ich bringe dir etwas zum Abendessen. Ciao.

[…]

«Haben Sie gehört?»
«Ja.»
«Haben Sie noch Fragen? Ich bin etwas müde.»
«Ich bin sofort weg. Doch vorher muss ich Sie bitten, mir die Adresse und die Schlüssel zu der kleinen Villa in Fregene zu geben.»

«Wollen Sie das Haus durchsuchen?»
«Um Himmels willen, nein. Nur einen Blick hineinwerfen.»
«Ich gehe die Schlüssel holen.»
«Danke.»

[...]

«Das ist merkwürdig, Ispettore. Sie sind nicht am üblichen Platz. Ich finde sie nicht.»
«Bitte entschuldigen Sie die Frage, aber hat man Ihnen die persönliche Habe Ihrer Frau ausgehändigt?»
«Ja.»
«Wo sind die Sachen?»
«In dem kleinen Beutel am Eingang. Ich habe noch nicht den Mut gefunden, ihn aufzumachen.»
«Darf ich es tun?»
«Wenn Sie es für unumgänglich halten.»

[...]

«Da waren diese drei Schlüssel. Der gehört zu dem SUV. Und die anderen beiden?»
«Der größere ist der Wohnungsschlüssel.»
«Und der kleinere?»
«Ist ... der zur Villa in Fregene.»
«Trug Ihre Frau diese Schlüssel denn immer bei sich?»
«Soweit ich weiß, nicht. Ich verstehe nicht, warum sie sie mitgenommen hatte.»

«Meine Güte, Bongioà, es ist doch alles so sonnenklar! Sie hat sich den Abend frei gehalten, ist nicht mit zu den Lalluppi gegangen ...»
«Galluppi.»
«Unterbrich mich nicht mit solchen Lappalien! Sie hat sich den Abend frei gehalten, um sich beim Kilometer 123 zu postieren! Und ihrem gehörnten Ehemann, der sie aus Neapel anrief, hat sie am Handy geantwortet. Nachdem sie dann das ganze Unheil angerichtet hat, stellt sie den SUV in die Garage der Villa in Fregene, um ihn später wieder herauszuholen, nämlich als sie beschließt, sich umzubringen.»
«Um zwei Uhr nachts kommt man ohne Auto nicht so leicht von Fregene nach Rom.»
«Wo hast du bloß deinen Kopf, Bongioà? Der war es doch scheißegal, wann sie nachts in Rom ankommt, ihr Mann schlief ja seelenruhig in Neapel! Was musst du andauernd sticheln? Bei Tagesanbruch wird sie einen Bus genommen haben, einen Zug, sie hat ein Auto angehalten ...»
«Ich bin mit Elena Massi in Fregene gewesen.»
«Wer ist das denn? Deine Freundin? Eine, mit der du's treibst?»
«Dottore, Elena Massi ist eine Kollegin von der Spurensicherung.»
«Und du ziehst die Spurensicherung mit hinein, ohne ...»
«Sie ist eine Freundin. Und sie ist auf eigene Initiative mitgekommen. Eine Spezialistin.»
«Für was?»
«Für Reifenspuren.»
«Was du nicht sagst! Na, und?»
«In der Garage der Villa gibt es keine Reifenspuren vom SUV.»
«Wirklich? Wie intelligent ihr doch seid, du und die Fassi!»
«Massi.»

«Nerv mich nicht. Und ist ein SUV etwa ein Panzer? Warum hätte er Spuren auf einem Boden hinterlassen sollen, der vermutlich aus Zement war?»
«Weil es am Abend des siebten Januar wie aus Kübeln gegossen hat.»
«Ja, und?»
«Es hätten sich Schlammspuren finden lassen müssen. Aber da war nichts.»
«Und was sagt uns das? Höchstens, dass sie ihn nicht in die Garage gefahren hat. Sie wird ihn hinter der Villa in einer kleinen Seitenstraße abgestellt haben. Wahrscheinlich schräg zur Straße, damit man die verbeulte Front nicht sah. Überzeugt dich das nicht?»
«Ehrlich gesagt, nein.»
«Ich erkenne dich nicht wieder. Was ist los mit dir? Wo ist mein brillanter Bongioanni geblieben? Zu viele Ausflüge nach Fregene mit der Bassi? Haben wir komplett den Verstand verloren?»
«Dottore, ich …»
«Ich bitte dich, Bongioà! Du bist wirklich nicht mehr der, der du noch vor drei Tagen warst.»
«Dottore, ich möchte Ihnen einfach nur zu bedenken geben, dass es möglicherweise nicht angebracht ist, beim Staatsanwalt darauf zu bestehen, dass die Marsili den SUV in Fregene versteckt hat. Das ist alles.»
«Das ist alles, sagt er! Du selbst hast mir doch in deinem Bericht vom Gespräch mit Avvocato Marsili gesagt, dass diese Ester nach Fregene gefahren ist!»
«Das habe ich niemals gesagt!»
«Direkt nicht, indirekt schon. Hast du mir berichtet, dass du die Schlüssel zur Villa unter den persönlichen Habseligkeiten der Toten gefunden hast, ja oder nein?»

«Ja.»
«Dem Himmel sei Dank! Und hat dir der Gatte nicht gesagt, dass sie diese Schlüssel gewöhnlich nicht, ich betone: *nicht* mitnahm?»
«Ja, hat er.»
«Warum hatte sie die Schlüssel also im SUV bei sich? Du antwortest nicht? Komm, ich rufe den Staatsanwalt an, dann legen wir den Fall zu den Akten.»
«Dottore, darf ich Sie um einen Gefallen bitten?»
«Sprich.»
«Könnten Sie bitte noch drei oder vier Tage warten, bis Sie den Staatsanwalt anrufen?»
«Sagen wir drei, und dann kein Wort mehr über die Sache.»
«Wenn ich Sie um einen weiteren Gefallen bitte, erschießen Sie mich dann?»
«Überspann den Bogen nicht, Bongioà.»
«Ich möchte eine Unterredung mit Davoli.»
«Du willst einen kleinen Ausflug nach Mailand machen? Womöglich in Begleitung deiner Massi?»
«Er wurde nach Rom ins Regina Coeli verlegt, Dottore.»

zehn

Il Messaggero

ÜBERRASCHENDE ENTWICKLUNGEN IM FALL MARSILI

23. Januar 2008   Als wir in dieser Zeitung davon berichteten, dass Ester Marsili leblos in einem SUV aufgefunden wurde, der bei Kilometer 123 der Via Aurelia die Böschung hinabgestürzt war, war es nicht schwer zu prophezeien, dass der Fall noch unvorhersehbare Entwicklungen nehmen würde. Die Polizei konnte in der Tat sofort feststellen, dass die Halterin des Autos nicht Ester Marsili war. Es gehörte dem Bauunternehmer Giulio Davoli, der vor kurzem bei dem Versuch, die Schweizer Grenze zu passieren, verhaftet wurde. Gegen ihn war ein Ermittlungsverfahren wegen Bilanzfälschung, Kapitalflucht ins Ausland und Geldwäsche anhängig. Davoli war einige Zeit zuvor ebenfalls auf der Höhe von Kilometer 123 der Aurelia von einem bisher nicht identifizierten Fahrzeug angefahren worden, seine Verletzungen mussten im Krankenhaus behandelt werden. Die Polizei vermutete seinerzeit einen Mordversuch. Inzwischen konnte eindeutig festgestellt werden, dass es sich bei dem SUV, in dem Ester Marsili tödlich verletzt aufgefunden wurde, um den Wagen handelt, der den von Davoli gefahrenen Panda gerammt hatte.

Aus gut informierten Kreisen stammt die Vermutung, dass Ester Marsili, die ein Verhältnis mit Davoli hatte, versuchte, den Geliebten zu töten, da er sie mit anderen Frauen betrog.

Davolis Ehefrau, Giuditta Davoli, die von der Untreue ihres Mannes wusste, zeigte ihn während seines Krankenhausaufenthalts bei der Finanzpolizei an und lieferte die Beweise für seine Unterschlagungen, was zu seiner Verhaftung führte.

Außerdem sei die Polizei zu dem Schluss gekommen, dass Ester Marsili sich infolge heftiger Schuldgefühle mit demselben Auto habe umbringen wollen, mit dem sie ihren untreuen Liebhaber zu töten versucht hatte. Sie stürzte sich eben jene Böschung bei Kilometer 123 der Via Aurelia hinunter, von der sie Davoli hinabgestoßen haben soll.

Wir haben versucht, sowohl Avvocato Stefano Marsili, den Ehemann der vermutlichen Selbstmörderin, als auch Signora Giuditta Davoli, die Gattin des Bauunternehmers und Geliebten von Ester Marsili, zu interviewen, doch beide sind unauffindbar.

«Signor Davoli, hier spricht Ispettore Capo Bongioanni, Polizeipräsidium Rom.»
«Angenehm, wenn man so sagen könnte.»
«Warum?»
«Jetzt mischt ihr euch auch noch ein? Hat meine Frau Giuditta mich nun auch noch wegen Pädophilie angezeigt?»
«Nein, Signor Davoli, keineswegs.»
«Was wollen Sie dann?»
«Ich möchte Ihnen ein paar Fragen stellen, die aber mit keiner neuen Anklage gegen Sie in Verbindung stehen.»
«Gott sei Dank.»
«Hatten Sie Gelegenheit, den Artikel im ‹Messaggero› zu lesen?»
«Mein Anwalt hat mir davon erzählt.»
«Was halten Sie davon?»
«Alles gelogen. Ihr irrt euch gewaltig.»
«Erklären Sie mir bitte, warum.»
«Selbst wenn ich mit einer ganzen Truppe von Balletttänzerinnen ins Bett gegangen wäre, wäre Ester niemals auf die Idee gekommen, mich umzubringen. Sie hätte mir sogar das verziehen.»
«Sie schließen also aus, dass Ester Marsili am Abend des Siebten am Steuer des SUVs saß, der Sie gerammt hat?»
«Das schließe ich aus, ja.»
«Und wer war es, Ihrer Meinung nach?»
«Hören Sie, das habe ich schon dem Anwalt gesagt, der mir in Mailand zugeteilt wurde. Am Steuer saß garantiert Giuditta.»
«Dann glauben Sie also nicht an den Selbstmord von Signora Marsili, wenn ich Sie recht verstehe.»
«Nie im Leben! Das war eindeutig Mord.»
«Und wer wäre der Mörder?»

«Elementar, mein lieber Watson, wie Sherlock Holmes sagte: meine reizende Gattin.»
«Dann wurde Ihr SUV also niemals gestohlen?»
«Das war ein geschickter Schachzug von meiner Frau. Nachdem sie mich gerammt hatte, ist Giuditta nach Rom zurück und hat den Wagen einfach in unsere Garage gestellt. Dann hat sie den Diebstahl angezeigt. Habt ihr in der Garage nachgeschaut?»
«Wir hatten keinen Grund dafür.»
«Aber genau damit hat sie gerechnet! Die Frau ist der Teufel.»
«Warum sollte Signora Giuditta Ester Marsili denn töten?»
«Weil sie meine Geliebte war, verdammt!»
«Aber die Livolsi hat sie nicht umgebracht.»
«Gebt ihr Zeit, dann bringt sie Gianna auch noch um die Ecke.»
«Signor Davoli, da der ‹Messaggero› dieses Detail nicht erwähnt, informiere ich Sie jetzt davon: Im Polizeipräsidium wird behauptet, dass Ester Marsili, nachdem sie Ihren Panda gerammt hatte, den SUV in ihrer Villa in Fregene versteckt hat.»
«Das war nicht Ester, die …»
«Das sagten Sie bereits. Aber meine Fragen gehen in eine andere Richtung: Hatte Signora Marsili den Schlüssel Ihres SUVs?»
«Warum hätte sie den haben sollen?»
«Sind Sie sicher?»
«Ich denke ja.»
«Ich brauche eine präzise Antwort.»
«Dazu bin ich leider nicht in der Lage.»
«Warum nicht?»
«Ich habe ihr den Wagen manchmal geliehen, also kann ich nicht mit Sicherheit ausschließen, dass …»

«Ich verstehe. Möglicherweise hat sie Ihnen den Schlüssel nicht zurückgegeben. Eine letzte Frage: Wussten Sie von der Villa in Fregene?»
«Natürlich!»
«Hatte Signora Marsili Ihnen davon erzählt?»
«Nicht nur erzählt. Ich bin mit Ester mindestens einen Monat lang dorthin gefahren. Ich hatte sogar die Hausschlüssel.»
«Trafen Sie sich nicht immer im Borgo Pio?»
«Ich sehe, dass Sie gut informiert sind. Damals war die Wohnung noch vermietet. Dann, als der Mieter auszog, habe ich sie mir genommen. Nach Fregene zu fahren, war auf Dauer unbequem.»
«Haben Sie Ester Marsili die Schlüssel zur Villa zurückgegeben?»
«Nein. Ester hat mich gebeten, sie für alle Fälle zu behalten. So konnte man bei schönem Wetter einen kleinen Ausflug machen. Ich habe die Schlüssel in einer Schreibtischschublade in meinem Arbeitszimmer aufbewahrt.»
«Die Schublade, die Ihre Frau aufgebrochen hat?»
«Genau.»
«Nun, ich habe keine weiteren …»
«Eins würde ich aber gerne wissen. Warum sind die Schlüssel zur Villa so wichtig für Sie?»
«Bevor ich Ihnen antworte, eine Gegenfrage: Trug Signora Marsili diese Schlüssel immer bei sich, wissen Sie das?»
«Nein. Sie nahm sie nur bei Bedarf mit. Als wir oft nach Fregene fuhren, bat sie mich, sie daran zu erinnern, die Schlüssel sofort wieder an ihren Platz zu hängen, sobald sie nach Hause kam.»
«Warum diese Sorgfalt?»
«Sie hat mir erklärt, dass die Schlüssel zusammen mit anderen

neben der Wohnungstür im Eingang hängen. Ihr Mann hätte bemerken können, dass sie fehlen.»

«Ich verstehe.»

«Und jetzt sagen Sie mir, warum diese Schlüssel Sie so brennend interessieren.»

«Weil Signora Marsili sie im SUV bei sich hatte.»

«Und was folgt ... Moment mal! Das sind bestimmt meine Schlüssel! Giuditta hat sie aus der Schublade genommen und sie Ester in die Tasche gesteckt, nachdem sie sie umgebracht hat.»

«Danke, dass Sie mich empfangen, Signora Davoli.»
«Was blieb mir anderes übrig?»
«Ich bin hier, um Ihnen ein paar Fragen zu stellen.»
«Natürlich sind Sie *nicht* gekommen, um mich nach meinem Befinden zu fragen.»
«Wie geht es Ihnen?»
«Seien Sie nicht albern. Was wollten Sie fragen?»
«Haben Sie den Artikel im ‹Messaggero› gelesen?»
«Ja.»
«Was halten Sie davon?»
«Es gibt noch seriöse Journalisten.»
«Sehen Sie, Signora, ich bin hier, um Indizien zu finden, die die Hypothese stützen, dass Ester Marsili sich aus Reue über den Mordversuch an Ihrem Ehemann umgebracht hat. Eins muss ich vorausschicken: Ich bin fest von der Richtigkeit dieser Hypothese überzeugt und tue mein Möglichstes, damit sie sich bewahrheitet.»
«Endlich mal jemand bei der Polizei, der vernünftig denkt und handelt. Bravo!»
«Danke.»
«Ich habe ebenfalls nicht den geringsten Zweifel, dass die Dinge sich genau so abgespielt haben, wie in diesem Artikel beschrieben.»
«Gut, das freut mich. Sie müssen wissen, Signora, man vermutet, dass Ester Marsili den SUV Ihres Mannes in ihrer Villa in Fregene versteckt hat. Das hat die Zeitung nicht geschrieben, aber …»
«Aber ich habe es vermutet!»
«War das nur eine Vermutung, oder wussten Sie sogar von der Existenz dieser Villa?»
«Und ob ich davon wusste! Der Detektiv hat mir berichtet, dass sie dorthin fuhren, um ihre Schweinereien zu treiben.»

«Sind Sie nie in Versuchung gewesen, sich die Villa anzusehen?»

«Nur einmal. Von außen.»

«Ich hätte eine ganz persönliche Frage. Sind Sie je im Borgo Pio gewesen, wo Ihr Mann ...»

«Ja. Auch dort nur einmal.»

«Ihr Mann hat mir gesagt, dass er die Schlüssel zu Esters Villa besaß und sie in seiner Schreibtischschublade aufbewahrte.»

«Kann sein.»

«Sie wissen nicht, wo die Schlüssel geblieben sind?»

«Er hatte viele Schlüssel. Er war sehr ordentlich, wissen Sie? An jedem Schlüssel hing ein feiner kleiner Zettel, damit er nicht durcheinanderkam. Damit er nicht eine Nutte mit einer anderen verwechselte.»

«Darf ich annehmen, dass diese Schlüssel sich noch in Ihrer Wohnung befinden?»

«Ich habe sie alle weggeworfen.»

«Seit Sie die Wohnung verlassen haben, sind Sie nicht mehr dorthin zurückgekehrt?»

«Nein, ich habe keinen Fuß mehr hineingesetzt. Und beabsichtige das auch nicht.»

«Nun, jetzt, wo Ihr Mann im Gefängnis ist, haben Sie nichts mehr zu befürchten.»

«Meinen Sie?»

«Signora Adelina Ravazzi?»
«Das bin ich.»
«Sie sind Eigentümerin der Pension Aurora in der Via Asmara?»
«Ja. Und wer sind Sie?»
«Ich bin Ispettore Capo Bongioanni vom Polizeipräsidium Rom. Hier ist mein Ausweis.»
«Was wünschen Sie?»
«Bei uns wurde anonym Anzeige erstattet. Die hygienischen Zustände in Ihrer Pension sollen nicht den Vorschriften entsprechen. Wir müssen leider eine gründliche Untersuchung der Räumlichkeiten durchführen.»
«Jetzt gleich?»
«Ja.»
«Um Himmels willen! Ich muss doch noch einkaufen.»
«Das können Sie später machen. Bitte folgen Sie mir!»
«Ispettore, ich lebe von dieser Pension! Wenn die Polizei sie mir zumacht, muss ich auf der Straße um Almosen betteln. Tun Sie mir das nicht an.»
«Ich bedaure, Signora, aber wir …»
«Ich flehe Sie an, Ispettore. Sehen Sie? Sie bringen mich zum Weinen.»
«Nun, wenn man es genau überlegt, ließe sich vielleicht eine gütliche Einigung finden …»
«Ja, bitte! Aber ich habe nicht viel Geld auf der hohen Kante.»
«Ich will kein Geld, sondern nur eine Information.»
«Alles, was Sie wissen wollen!»
«Wohnt Signora Giuditta Davoli bei Ihnen?»
«Ja. Eine anständige Person, ein bisschen anspruchsvoll, aber …»
«Geht sie abends aus?»
«Manchmal. Sie geht ins Kino.»

«Kommt sie immer um die gleiche Zeit zurück?»
«Immer. Nur neulich ist sie erst um vier Uhr morgens zurückgekommen. Ich habe mir schon Sorgen gemacht ...»
«Versuchen Sie bitte, sich genau zu erinnern, wann das war.»

Polizeikommissariat Rom
Corso Trieste 154

Aktenzeichen: Keine Akte

Betr.: Vermutlicher Selbstmord Marsili

– **Streng vertraulich** –

An Dottor
Costantino Lopez
Leitender Polizeidirektor

Wie aus dem nicht vorhandenen Aktenzeichen ersichtlich, ist dies kein offizieller Bericht, sondern eine private Mitteilung an Sie persönlich.
Ich bin zu dem Schluss gekommen, dass der Sturz des SUVs im Besitz von Giulio Davoli bei Kilometer 123 der Via Aurelia, also genau an der Stelle, wo Davoli einige Zeit zuvor weggedrängt wurde, tatsächlich eine Botschaft war: also genau so, wie Sie es mir, verehrter Dottore, so einleuchtend erklärten.
Allerdings war der Absender dieser Botschaft, meiner bescheidenen Interpretation zufolge, nicht Ester Marsili, sondern jemand anderes.
Ich habe Davoli im Gefängnis verhört und danach Signora Davoli in der Pension, in der sie derzeit wohnt.
Aus dem Verhör von Davoli ging hervor, dass

1. Ester Marsili wahrscheinlich im Besitz des Schlüssels für den SUV war (was Ihre Vermutung bekräftigen würde, verehrter Dottore).
2. Giulio Davoli von der Villa in Fregene wusste, weil

er sie einen Monat lang mit Ester Marsili aufgesucht hatte. Er besaß außerdem eine Kopie des Hausschlüssels, die er in einer Schreibtischschublade in seiner Wohnung aufbewahrte.

3. Giulio Davoli der festen Überzeugung ist, dass Signora Marsili von seiner Frau Giuditta umgebracht wurde.

Aus der Unterredung mit Signora Davoli ging hervor, dass

1. auch die Signora von der Villa in Fregene wusste.
2. sie vermutet, dass die Schlüssel zur Villa sich in der Schreibtischschublade ihres Mannes befanden, zusammen mit vielen anderen, die sie jedoch, wie sie angibt, alle weggeworfen hat.

Dann habe ich mich zu Dottor Ernesto Gionfrida begeben, der die Autopsie der Leiche von Ester Marsili vorgenommen hat.

Marsili hatte eine Verletzung an der Stirn, die durch einen heftigen Aufprall verursacht wurde und tödlich war.

Die von mir befragte Spurensicherung hat auf dem Lenkrad zwar schwache Spuren vom Blut Ester Marsilis gefunden, hielt es aber für angebracht, mich auf ein unerklärliches Detail hinzuweisen. Obwohl der Aufprall sehr stark gewesen sein muss, hat er das Lenkrad selbst nicht verformt.

Zuletzt, und ich bitte Sie, das, was ich Ihnen jetzt sage, mit der Herzensgüte zu erwägen, die Sie vor allen anderen auszeichnet, kam ich zufällig in Begleitung der Kollegin Elena Massi an Davolis Wohnung vorbei, und da wir zufällig sahen, dass das Garagentor der Da-

volis aufgebrochen war, sind wir aus reiner Neugierde in die Garage hineingegangen.
Zufällig hat Signora Massi Schlammspuren von Reifen eines SUVs bemerkt.
All das vorausgeschickt, lege ich Ihnen nun meine Sichtweise der Dinge dar, beginnend mit der Schlussfolgerung.
Ester Marsili wurde von Giuditta Davoli umgebracht.
Im Folgenden unterbreite ich Ihnen meine Rekonstruktion der Ereignisse.
Nachdem Signora Davoli mit ihrem SUV den Panda gerammt hat, den ihr Mann fuhr, fährt sie zurück nach Rom und stellt das Fahrzeug in ihre Garage. Daher die festgestellten Schlammspuren, da es an dem Abend regnete. Am nächsten Tag zeigt sie den Diebstahl an, in der Gewissheit, dass keine Kontrollen erfolgen werden.
Nachdem sie ihren Mann ins Gefängnis gebracht hat, geht sie zum zweiten Teil ihrer Rache über.
Sie holt den SUV aus der Garage (Ironie des Schicksals: Ausgerechnet ich habe ihr gesagt, dass der Dieb mit dem gestohlenen SUV ungestört durch die Stadt fahren könne!) und fährt zur Wohnung von Ester Marsili. Sie klingelt und sagt, sie möchte mit ihr sprechen, es sei eine Sache von wenigen Minuten. Widerstrebend geht Marsili hinunter. Davoli bittet sie, auf dem Rücksitz des SUVs Platz zu nehmen, und setzt sich neben sie. Ich weiß nicht, ob Marsili von der Anzeige des vorgetäuschten Diebstahls Kenntnis hatte, doch falls sie nachgefragt haben sollte, könnte Signora Davoli ihr erklärt haben, das Auto sei wiedergefunden worden.
In einem günstigen Moment versetzt Signora Davoli ihr einen Schlag gegen die Stirn, der wahrscheinlich töd-

lich war, und legt sie auf den Rücksitz. Wer Ester Marsili sieht, wird denken, dass sie schläft.

Dann setzt sie sich hinters Steuer und fährt auf die Aurelia.

Bei Kilometer 123 hält sie an.

Sie setzt Marsili auf den Fahrersitz, reibt ihre Stirn am Lenkrad und lässt das Auto die Böschung hinabstürzen.

Meiner Meinung nach lautet die richtige Lesart der Botschaft: Ich lasse dich genau an der Stelle sterben, wo ich meinen Mann nicht umbringen konnte.

Zuvor hatte sie die Schlüssel zur Villa in das Auto mit der Toten gelegt, um uns auf eine falsche Fährte zu locken.

Der Unterzeichnete glaubt in diesem Fall also eher an die Kraft der Rache als an die Folgen des Schuldgefühls.

Zum Beweis für meine Vermutungen habe ich Signora Adelina Ravazzi verhört, die Besitzerin der Pension Aurora, wo Giuditta Davoli derzeit wohnt.

Ravazzi ist bereit, unter Eid zu bezeugen, dass Signora Davoli in der Nacht, in der Ester Marsili sich umgebracht haben soll, um vier Uhr morgens in die Pension zurückgekehrt ist. Was so noch nie vorgekommen war.

Ich weise Sie außerdem auf weitere unerklärliche Entdeckungen der Spurensicherung hin:

1. Am Lenkrad wurden Fingerabdrücke von Davoli und Marsili, aber auch von Signora Davoli gefunden.
2. Es ist sehr unwahrscheinlich, dass das Blut, das nach dem vermeintlichen Aufprall gegen das Lenkrad

aus Marsilis Stirnwunde austrat, in so großer Menge bis auf die Rückbank gespritzt sein soll.
Meinen Sie nicht, verehrter Dottore, dass Sie mir in Anbetracht dieses Berichts eine Unterredung gewähren sollten?

Ispettore Capo
Attilio Bongioanni

«Die Unterredung gewähre ich dir, Bongioà. Aber ich muss dir sagen, dass du mir ganz gewaltig auf den Sack gehst.»
«Ich hatte nicht die geringste Absicht …»
«Egal, ob du's wolltest oder nicht, du tust es. Und du vergeudest meine Zeit. Alles bloß Hypothesen, die ein hergelaufener Möchtegernanwalt im Nu widerlegt. Schlammspuren! Woher stammen die wohl, na? Der SUV stand in der Garage! Hatte es am Siebten nicht geregnet? Und was erzählst du mir vom Blut? Der SUV hat sich überschlagen, oder? Also ist das Blut auch nach hinten gespritzt. Die Schlüssel zur Villa? Ist das nicht ein bisschen weit hergeholt, dass die Davoli sie in den Wagen gelegt haben soll? Alles aus der Luft gegriffene Vermutungen, mein lieber, ach so intelligenter Bongioanni!»
«Sie sagen nichts dazu, dass Signora Davoli am betreffenden Datum erst um vier Uhr morgens in die Pension zurückkam?»
«Wie alt ist sie?»
«Die Davoli? Um die vierzig.»
«Darf die arme Frau, jetzt, wo ihr Mann im Gefängnis sitzt, es sich nicht hier und da mal von jemandem besorgen lassen?»
«Das ist aber ebenfalls eine Vermutung.»
«Ich komme gleich zu der Sache mit den Vermutungen. Erzähl mir aber erst von all diesen glücklichen Zufällen, die dir erlaubt haben, mit deiner kleinen Freundin Bassi in die Garage zu gehen.»
«Massi. Was gibt es da zu erzählen?»
«Viel, Bongioà. Nebenbei hätte ich noch eine persönliche Frage: Bevor ihr euch die Schlammspuren angesehen habt, habt ihr da schnell den Rollladen heruntergelassen und die Gelegenheit für einen Quickie genutzt?»
«Dottore, ich sagte Ihnen schon, dass die Massi …»

«Lassen wir's gut sein, ich merke, dass du in dem Punkt empfindlich bist. Ich wollte dich etwas anderes fragen, was war das noch, hilf mir!»
«Sie fragten nach den glücklichen Zufällen ...»
«Genau, bravo! Du weißt, dass du dir deine Karriere in den Arsch stecken kannst, wenn ich dem Polizeipräfekten zeige, was du mir geschrieben hast?»
«Warum denn?»
«Glaubst du wirklich, du kannst mich verarschen, Bongioà? Du selbst hast diesen Garagenrollladen aufgebrochen!»
«Ja.»
«Siehst du, was für ein Idiot du bist? Und ich dachte, ich könnte dir vertrauen ... Erinnerst du dich an die Werbung für Präservative?»
«Nein.»
«‹Vertrauen ist gut, Verhüten mit Hatù-Gummis ist besser!› Hahaha! Kommen wir auf die Vermutungen zurück. Vermutungen bei dir und bei mir. Einverstanden?»
«Ja.»
«Antworte anständig!»
«Jawohl, Signor Dirigente.»
«Siehst du, geht doch, wenn du willst. Jetzt stelle ich dir eine Frage, auf die du mit einer Silbe antworten darfst. Wer ist hier der Boss? Ich oder du?»
«Sie.»
«Also sind meine Vermutungen mehr wert als deine. Und mehr gibt's nicht zu sagen. Ist das klar, Bongioà?»
«Klar.»
«Hier, nimm deinen vertraulichen Bericht, zerreiß ihn und schmeiß ihn weg. In deinem eigenen Interesse. Erledigt?»
«Erledigt.»
«Bedank dich bei mir.»

«Danke.»

«Und jetzt geh, ich muss den Staatsanwalt anrufen und ihm sagen, dass der Fall abgeschlossen ist.»

«Avvocato, ein Anruf für Sie.»
«Ich komme. Bring mir noch ein Bier.»
«Sofort, Avvocato.»

– Hallo? Wer ist da?
– Mein Herz, mein Leben, ich bin's, deine Liebste. Du warst großartig! Ich wollte dir nur sagen, dass ich hier in Mailand alles erledigt habe. Übermorgen könnte ich nach Rom zurückkommen.
– Es ist besser, wenn du noch ein paar Tage wartest.
– Aber du hast mir doch gesagt, der Fall ist abgeschlossen!
– Man kann nie vorsichtig genug sein.
– Aber niemandem könnte je einfallen, dass du es warst, der ...
– Genug. Still. Sag nichts am Telefon.
– Warum willst du denn nicht, dass ich sofort komme?
– Weil ich nicht widerstehen könnte und direkt zu dir fahren würde. Und wenn man uns zusammen sähe ...
– Ich will dich aber sofort sehen, wenn ich ankomme!
– Tagsüber können wir uns wenigstens einmal offiziell treffen: um uns gegenseitig zu kondolieren.
– Und nachts?
– Das ist etwas anderes.
– Denkst du manchmal dran, wie es jetzt für uns sein wird? Wir haben uns von allen befreit!
– Nicht am Telefon, habe ich gesagt.
– Hör zu, ich habe eine Idee. Warum treffen wir uns nicht irgendwo auf halbem Weg, wenn ich mit dem Auto nach Rom fahre? Wir gönnen uns einen kleinen Vorgeschmack, was meinst du? Ich werde die Aurelia nehmen, weil ich einen Abstecher nach Livorno machen muss, um Francescos Eltern zu besuchen.

– Das lässt sich machen. Wir können uns bei Kilometer 123 treffen, in der Nähe gibt es ein Motel. Wir nehmen uns ein Zimmer und verbringen dort die Nacht. Es gab ja nie Fotos von uns in den Zeitungen oder im Fernsehen.
– Du machst mich glücklich. Bis bald, Stefano, mein Leben.
– Heute Nacht träume ich von dir, Maria, meine große Liebe, meine Liebe für immer.